Jürgen Tümena
Mörder oder Mörder

AF280523

Mit diesem Buch will ich meinen Eltern und
meiner Schwester danken.
Wie oft haben Sie gesagt,
dass ich ein Buch schreiben soll.
Sie dachten dabei mehr an meine Gedichte,
aber ich hoffe,
dass auch ein Kriminalroman in Ordnung ist.

Dank geht auch an Jens, der sich hier als
Lektor so manche Nacht um die Ohren
schlagen musste, da mein eigener Stil sehr
eigenwillig ist, aber auch nach Möglichkeit
beibehalten werden sollte.

Und Dank auch an meinen Kollegen Olli, der
mir die Möglichkeit zeigte, wie ich ohne
große Vorkosten das Buch auf den Markt
bringen konnte.

Zu guter Letzt sei noch erwähnt, dass alle
Personen und Handlungen frei erfunden
sind.

In diesem Sinne,
ich wünsche allen Lesern viel Spaß.

Impressum:

Copyright by
© 2007 Jürgen Tümena

Herstellung und Verlag:
Book on Demand GmbH, Norderstedt

Umschlaggestaltung
Jürgen Tümena

Korrekturen
Jens Amoser

ISBN: 9783837002171

Jürgen Tümena

Mörder oder Mörder
Nordseekrimi

Kapitel 1

„Marianne, versuchen Sie noch einmal meine Frau zu erreichen!"

Wie oft hatte er heute diesen Satz schon gesagt? Heute lief aber auch gar nichts richtig. Seine Frau war ihm ja eigentlich egal, aber morgen brauchte er den Wagen wieder, um die Baustellen außerhalb Aurichs abzufahren.

Ein sanftes Summen riss ihn aus seinen Gedanken. „Ja", sagte er mehr genervt als höflich in die Gegensprechanlage. „Ihre Frau scheint immer noch nicht zu Hause zu sein."

Er raunte einen knappen Dank und unterbrach die Verbindung. Das gibt es doch gar nicht, seit ihren zwölf Ehejahren ging Elina vor ihm aus dem Haus und war aber spätestens um dreizehn Uhr wieder im Haus und blieb dort auch. Nicht gerne, aber es war eine Ihrer Abmachungen damals bei Antritt Ihrer Ehe gewesen. Ihre Ehe, wenn er das Wort schon hörte, konnte er sich ein Grinsen nicht verkneifen. Wie war das eigentlich damals. Zu der Zeit war er gerade zum Projektleiter bei Wilson und Sohn aufgestiegen und hatte Elina als Sekretärin zugewiesen bekommen. Sie war ein schönes Mädel und er selbst war nun auch nicht gerade ein Kostverächter. Und so ergab sich dann die eine oder andere Gelegenheit.

Doch ernsthafte Absichten? Er wollte nach oben und hatte eigentlich die einzige Tochter Pamela seines Chefs Wilson im Auge. Was hat er nicht alles unternommen, um die damalige Verlobung zwischen Pamela und einem Millionärssohn auseinander zu bringen. Doch dann kam Elina mit der allseits gefürchteten Mitteilung, sie sei schwanger. Und das gerade in dem Moment, wo er bei Wilson und Sohn zum Planungsleiter aufsteigen sollte. Es blieb ihm nichts anderes übrig, als seinem konservativ eingestellten Chef mitzuteilen, dass er mit seiner Sekretärin nun verlobt sei. Der Vorteil war, dass er einen Monat früher zum Planungsleiter gemacht wurde, der Nachteil war Elina. Jetzt mußte er sich den Weg nach oben erarbeiten.

Seine Gedanken wurden schon wieder durch den feinen Summton unterbrochen.

„Was ist?" bellte er.

Er hasste unangemeldete Unterbrechungen. Er brauchte immer eine Art Plan für jeden Tag. Nicht, dass er nicht flexibel war, aber wenn irgendetwas anders lief, dann mußte es irgendjemand ausbaden.

„Wie oft soll ich Ihnen noch sagen, Sie sollen lauter sprechen", schrie er in die Anlage, obwohl er nur in Gedanken war und nicht zugehört hatte. Aber wenn der Sekretärin seine Launen nicht passen, dann kann Sie ja jetzt schon gehen.

„Ein Kommissar Pelzer ist für Sie am Telefon."

Er zog sich sein Telefon heran und tippte auf die Annahmetaste.

„Hans Fortex"

„Guten Tag, hier ist Kommissar Pelzer. Ich muß sie dringend in einer Angelegenheit sprechen, kann ich zu Ihnen ins Büro kommen, es ist sehr wichtig."

„Worum geht es denn, ich bin beschäftigt."

„Um Ihre Frau, bitte bleiben Sie im Büro, ich bin in einer Stunde dort."

„Hallo!" Wütend schmiss er den Hörer auf die Gabel. Einfach aufgelegt. Deswegen ist sie nicht zu Hause, hat sicher einen Unfall gehabt. Und wer soll jetzt der Werkstatt den Schlüssel für mein Auto geben.

Er lehnte sich zurück und sah gedankenverloren aus dem Fenster. Heute war einfach nicht sein Tag. Das er sich beim Rasieren geschnitten hatte, das war noch eines der harmlosen Sachen. Aber als er die Treppe hinunter kam, sah er zu seinem Entsetzen, dass Sie den Tisch nicht gedeckt hatte. Nach seinem Tagesrhythmus hatte er zwar eine halbe Stunde zum Frühstücken, aber er brauchte jeden Tag davon auch zwanzig Minuten für die Tageszeitung.

So war er statt acht Uhr erst um zehn nach acht mit allem fertig. Obwohl er schon mehr als gereizt war, die zehn Minuten ließen sich ja im Straßenverkehr wieder aufholen. Zwanzig Minuten brauchte er mit dem Wagen, und da er jeden Tag bis kurz vor neun im Auto sitzen bleibt, nur um im

Büro den Ruf zu haben, fast immer auf die Minute pünktlich zu sein, war eigentlich noch nichts verloren. Aber mit Elina würde er heute Abend ein paar Takte reden müssen.

Aber das war sicher Ihre stille Rache für gestern. Was hat er sie auch auf der Party beschimpft. Er hatte mal wieder über den Pegel getrunken und so kam es dann, wie jedes Mal.

Ein Wort gibt das andere, bis er schließlich eine Scheidung oder eine Morddrohung gegen Elina hinaus posaunt. Das kommt normalerweise aber nur vor, wenn eine Feier bei ihren Verwandten stattfindet. Bei diesen nach seiner Meinung Primitivlingen kann man ja nur bis zum Schluss trinken. Aber gestern war es anders. Na ja, noch zwei Jahre, dann ist er Vizepräsident und ein weiteres Jahr, dann kann ihn eine Scheidung eigentlich am Aufstieg nicht mehr hindern. Ja, wenn …

Der alte Wilson hat Veränderungen im Sinn und sagt nichts darüber. Wenn er in Amsterdam nur nicht soviel getrunken hätte. Er drehte sich wieder zu seinem Schreibtisch und drückte die Taste der Sprechanlage:

„Marianne, rufen Sie in der Fahrbereitschaft an und sagen Sie, dass ich heute Abend und morgen über Tag die Firmenlimousine brauche. Danach können Sie dann Feierabend machen."

Sein Bentley sprang einfach nicht an heute Morgen. Er ist acht Jahre alt, aber er hat noch nie irgendwelche Macken gezeigt. Und heute Morgen nichts. Zum Glück stand ja gerade das Taxi drüben am anderen Straßenrand. Der Fahrer war erst gar nicht begeistert, ihn zu fahren, da er angeblich einen Termin am anderen Ende von Aurich hatte. Doch nach einigem hin und her und für ein starkes Trinkgeld hat er sich dann bereit erklärt, ihn bis kurz vor Wilson und Sohn zu fahren. Obwohl der Fahrer es eilig hatte, so hielt er sich doch an jedes Verkehrsschild und verfuhr sich sogar einmal.

Er, der stets pünktliche Hans Fortex, mußte um drei Minuten vor neun gut 300 Meter von Wilson und Sohn entfernt aussteigen und brauchte dann noch mal vier Minuten, um zur Firma zu kommen. Der Portier brachte das Fass dann fast zum Überlaufen mit seiner Geste, zur Uhr zu schauen, als ob sie verkehrt ginge. Es war vielleicht nicht böse gemeint oder absichtlich geschehen, aber der Ton bei dem Satz „Guten Morgen, Herr Fortex" sagte genauso viel aus, als wenn er nach dem Grund des Zuspätkommens gefragt hätte.

Seine Sekretärin hat dann auch noch einen dunklen roten Fleck in der Hose bemerkt, so dass er auch noch vor der Chefbesprechung seine Hose wechseln mußte. Zum Glück hat er immer eine komplette Wechselgarnitur im Büro. Als Elina noch seine Sekretärin war, hatte sie ihm mal in einem Streit Kaffee über den Anzug gegossen. Er wird niemals die Schande vergessen, wo er nur drei Minuten später auf einer wichtigen Besprechung in seinem befleckten Anzug saß. Noch heute wird er von einigen hinter seinem Rücken „Kaffeebohne" gerufen. Kaffee wegen dem Fleck und Bohne wahrscheinlich wegen seines eigentlich immer braunen Teints. Leider hat er vergessen, sich vom Taxifahrer eine Quittung ausstellen zu lassen, sonst würde jetzt dessen Firma die Reinigung des Anzuges zahlen.

Er nahm eine Fachzeitschrift und vertiefte sich so sehr darin, dass er erst nach einiger Zeit auf das Klingeln des Haustelefons aufmerksam wurde.

„Hier Toffens vom Wachdienst, Haupteingang. Ein Kommissar Pelzer möchte zu Ihnen, geht das in Ordnung?"

„Soll rauf kommen", antwortete er und legte auf. Was der jetzt wohl von ihm will. Sicher so ein Wichtigtuer von Verkehrspolizist, der ihm jetzt sagt, wie leid ihm das tue, aber seine Frau würde mit schwierigen Verletzungen da und da liegen, eben dieses übliche Geschwätz. Ob er ihm dann sagen sollte, das ihm das egal ist, schließlich gibt es Ärzte, die sich um seine Frau kümmern. Aber wer kümmert sich um sein Auto, das abgeschlossen in der Garage steht.

Auf ein herzhaftes Klopfen an der Tür bellte er: „Herein bitte!"

„Guten Tag, ich bin Kommissar Pelzer, das ist mein Kollege Keith. Wir beide hatten ja mit einander telefoniert."

„Wodurch habe ich die Ehre, dass Sie mich persönlich aufsuchen?" fragte er in einem diktiergewohntem Ton. Einen „Guten Tag" hat er nur für Leute übrig, die ihn weiterbringen.

„Es tut mir leid, aber ich muß Sie unter dem dringendem Tatverdacht, Ihre Frau ermordet zu haben, festnehmen.

Kapitel 2

„Herr Kommissar, wie oft soll ich ihnen noch sagen, ich habe meine Frau nicht umgebracht. Ich war den ganzen Tag in der Firma, meine Frau war schon weg, als ich morgens aufstand, und jetzt möchte ich gehen."

Der Kommissar schaute ihn nur an und sagte nichts. Nach einem Anruf bei seinem Anwalt waren sie ins Auricher Polizeirevier gefahren, hatten ihm seine Rechte nochmals vorgelesen und saßen jetzt seit drei Stunden in einem kleinen Büro mit drei Stühlen und einem Computer. Die Wände waren, außer der Tür und dem Fenster, mit Aktenschränken verstellt. Bis auf das Bild auf dem Schreibtisch, das eine hübsche Blondine zeigte, hat dieser Raum nichts Persönliches.

„Herr Fortex, bis ihr Anwalt hier ist, können wir doch schon mal ein paar persönliche Dinge klären. Fortex ist ja nun kein hiesiger Name, darf ich wissen, woher der Name stammt?"

„Mein Vater war bei der Airforce und war eine Zeit in Upjever stationiert. Meine Mutter hat er dann auf Langeoog kennen gelernt."

„Sie waren gestern bis 23 Uhr 30 in Wittmund bei Kalinkes und hatten Streit mit Ihrer Frau."

Er lief rot an, hatte schon eine kräftige Bemerkung auf den Lippen, aber er beruhigte sich selbst und steckte sich erst mal eine Zigarette an:

„Hören Sie zu, Herr Kommissar. In Ihren Augen mag ich ein Ekel sein. Ich will was erreichen, will ganz nach oben. Meine Frau ist ein schlichter, guter Mensch, fleißig, ehrlich, aber nicht repräsentativ. Auf verschiedenen Anlässen, wenn es auf Theater, Kultur und so weiter zu sprechen kommt, ist sie immer überfordert. Sie hat Ahnung, was in Dornum für ein Stück bei der Heimatbühne gespielt wird, kennt den neusten Tratsch von Esens bis Jever, aber Etikette oder die gehobenen Gespräche, das interessiert sie nicht. Da geraten wir öfter mal aneinander, wir führen keine Muster-ehe, und da Sie ja der Schweigepflicht unterliegen, gestehe ich auch, dass ich, wenn ich am Ziel der Leiter angekommen bin, die Scheidung einreiche. Ich …"

Er merkte, dass er sich heißgeredet und wahrscheinlich um Kopf und Kragen gebracht hatte, starrte den Kommissar nur mit rotem Kopf an und schwieg.

Nach einiger Zeit sagte der Kommissar: „War, hatte, kannte, interessierte, gerieten und führten. Vergangenheitsform. Ihre Frau ist tot, Herr Fortex. Ich sage Ihnen das nur noch mal in aller Härte, da Sie meiner Meinung nach nicht begriffen haben, um was es geht."

Hans Fortex lief erneut rot an, drückte die Zigarette wütend im vollen Ascher aus und die Gedanken suchten nach Worten, doch die Konzentration lag auf etwas anderem. Erst jetzt kam ihm tatsächlich das ganze so richtig zu Bewusstsein. Elina tot, er unschuldig hier beim Verhör, keine Scheidung mehr, schien doch noch ein guter Tag zu werden.

Er starrte nun nicht mehr, sondern schaute mit nichtssagender Miene den Kommissar und dessen Kollegen abwechselt an und wägte in Gedanken ab, was er nun tun müsse, um in Presse und bei seiner Firma ohne großen Skandal aus der Sache herauszukommen. Weinen oder Zusammenbrechen schloss er gleich aus. Das passte nicht zu ihm, vielleicht bei der Beerdigung ein wenig Herz zeigen.

Ein lautes Klopfen an der Tür schreckte ihn aus den Gedanken.

„Moin, mein Name ist Andressen, ich bin der Anwalt des Herrn Fortex."

„Moin, mein Name ist Pelzer und das ist Kollege Keith."

„Kommen wir gleich zu den Beweisen, Herr Kommissar. Sie erzählen jetzt die Geschichte aus ihrer Sicht, mit oder ohne Beweislage, und dann wird sich mein Mandant zur Sache äußern, sofern er kann."

„Gut, Herr Andressen, das bringt Bewegung in die Sache. Wir erhielten gegen 9 Uhr 30 heute Morgen einen Anruf von der notärztlichen Leitstelle, dass die Putzfrau der Familie Fortex die Hausherrin tot aufgefunden hat. Vor Ort haben wir dann festgestellt, dass der Tod durch Aufschneiden der Pulsader der rechten Hand eingetreten ist. Der Arzt hat den Todeszeitpunkt auf 8 Uhr bis 8 Uhr 30 festgelegt, genauer geht es erst bei der Obduktion. Da die Hausangestellte sofort Herrn Fortex verdächtigte, unterließ ich erst mal eine Benachrichtigung und ließ die Nachbarn befragen. Zwei Nachbarn sagten aus, sie arbeiteten im Garten und hatten sich schon gewundert, das Elina, Ihre Nachbarn nannten Ihre Frau alle beim Vornamen, noch nicht an ihnen vorbeigeradelt war."

„Nun kann ein Radfahrer mal übersehen werden, da zu dieser Zeit viel Schülerverkehr herrscht, aber Ihre Frau hatte die Angewohnheit ,jedem Nachbarn, den sie sah, stets ein frohes Moin Moin zu zu rufen. Dafür sah man Sie, Herr Fortex, kurz nach halb neun in Ihrem schwarzen Bentley, Ihre Nachbarn sagten Angeberschlitten, in einem selbst für Ihre Verhältnisse ungewöhnlich hohem Tempo lang fahren."

„Bei Untersuchung des Tatortes stellten wir fest, dass das Mordmesser rund drei Meter von der Leiche weg lag. Dies kann unter gewissen Umständen auch bei einem Selbstmord passieren, jedoch bleibt es Mord. Denn mit diesem Messer wurde nach der Tat ein Einbruch vorgetäuscht, heißt, die Terrassenscheibe wurde eingeschlagen mit der Klinge, so dass noch Blut an die Scherben geraten ist. Dass es das Blut von Frau Fortex ist, muss erst noch durch das Labor festgestellt werden, aber ich bin mir sicher. Ich glaube nicht, dass Sie, Herr Fortex, die Tat geplant haben, denn dagegen spricht die Tatsache, dass Sie die Scheibe von innen einschlugen und die Tatwaffe benutzen. Ich sehe ihren Anwalt schon die Frage formulieren, was, wenn Ihre Frau das blutige Messer gegen die Scheibe geworfen hat. Hat sie nicht, denn dann hätte sie aus der Kaminecke wieder zum Fenster müssen und das Messer auf die andere Seite des Zimmers tragen müssen, um dann in der Kaminecke zu sterben. Nein, der einzige, der es angedroht, ein Motiv und die Gelegenheit hatte, sind derzeit Sie, Herr Fortex. Ob im Affekt, durch einen erneuten Streit oder doch geplant, kann ich im Moment noch nicht sagen, aber dass Sie der Täter sind, steht für mich nach dieser Beweislage fest."

„Herr Pelzer, ich muss schon ..."

„Lassen sie nur!" wurde der Anwalt mit ruhiger Stimme von Hans Fortex unterbrochen:

„Interessant, Ihre kleine Geschichte. Ich weiß nicht, wie und wer meine Frau umgebracht hat, eines weiß ich aber, meine Frau war trotz unserer nicht gerade mustergültigen Ehe die Lebenslust in Person. Also, ein Selbstmord kommt auch für mich nicht in Frage. Soweit gebe ich Ihnen Recht. Was nun meine Person betrifft, hätten Sie zuerst mich gefragt, hätte ich Ihnen die Ermittlung in meine Richtung ersparen können. Zu Ihrer besagten Tatzeit saß ich in einem Taxi und mein Wagen, der schwarze Bentley steht bei mir in der Garage, der Schlüssel des Fahrzeuges liegt auf dem Flurschrank am Hintereingang und der Ersatzschlüssel liegt im Tresor. Der Wagen sprang nicht an. Und nun möchte ich nach Hause, denn ich habe meine Frau verloren und wenn ich auch nicht hier vor aller Augen weine, so ist es doch ein harter Schlag, den ich verdauen muss."

Er stand auf und wandte sich zur Tür.

„Nett gesprochen, Herr Fortex, aber wenn Sie mir vor Ihrem Gehen noch die Taxiquittung zeigen, dann entschuldige ich mich für meine Verdächtigungen, wenn nicht, werde ich Sie bis morgen 14 Uhr zum Haftprüfungstermin in Gewahrsam nehmen, und danach wird der Staatsanwalt entscheiden."

Hans Fortex lief rot an, fuhr herum und wollte gerade etwas sagen, als ihm der Anwalt zuvor kam: „Sollten Sie meinen Mandanten hier behalten, so wird das eine Schadenersatz- klage auf Sie persönlich nach sich ziehen mit Bezug auf Unterlassung wichtiger Ermittlungstätigkeiten. Herr Fortex wird Ihnen die Taxifirma gleich nennen, die Quittung legen wir Ihnen morgen vor. Mein Mandant ist noch nie mit dem Gesetz in Konflikt gekommen, ich sehe nicht ein, warum Sie ihn als Kriminellen behandeln, wobei sich Ihr Verdacht bis jetzt nur auf Vermutungen stützt."

Zum erstenmal an diesem Abend außer dem knappen Moin zu dem Anwalt regte sich Kriminalassistent Keith: „Ihr Bentley ist schwarz mit blanken Alufelgen und getönten Scheiben?"

Verblüfft, überrascht, das außer seinem Anwalt und dem Kommissar noch jemand im Raum war, wandte Fortex den Kopf: „Ja, warum fragen Sie?"

„Ich interessiere mich für Autos, und als wir heute Abend von Ihrem Betriebshof fuhren, sah ich das Auto dort stehen, dachte noch, was für ein toller Firmenwagen."

„Unsere Firmenwagen sind auch schwarz, aber das sind Passats. Diesen Wagen fahre nur ich und meiner steht in der Garage."

„Herr Fortex", mischte sich Pelzer in das Gespräch ein, „geben sie uns den Namen der Taxifirma und, wenn Sie sie dabei haben, bitte die Quittung".

„Also, ich weiß, das klingt jetzt nicht gut, aber das Taxi stand auf der anderen Straßenseite vor meinem Haus. Der Fahrer war mit der Straßenkarte beschäftigt und war nur gegen ein gutes Trinkgeld bereit, mich zu fahren. Er hat sich dann auch noch verfahren, so dass ich das erste Mal in meinem Leben zu spät zur Arbeit gekommen bin. Auf die Quittung habe ich nicht gewartet, sonst wäre ich ja noch später gekommen. Leider, ich habe mir im Taxi auch noch die Hose versaut, und bekomme das nun nicht ersetzt."

„Herr Fortex, Sie sind ein einflussreicher Mann in dieser Gegend, aus diesem Grunde entscheide ich mich dafür, sie bis zum Haftprüfungstermin in Gewahrsam zu nehmen. Herr Keith wird Ihnen das Protokoll ausdrucken und Sie werden es nach Prüfung durch Ihren Anwalt unterschreiben."

Während das Protokoll ausgedruckt wurde, telefonierte der Kommissar wohl mit der Bereitschaft. Kurz darauf erschien eine sehr junge Polizeibeamtin.

„Die Frau Janssen wird sie jetzt in den Zellenblock bringen. Wenn Sie etwas benötigen an Nachtzeug oder Wechsel-wäsche, so kann Ihnen das Ihr Anwalt gerne zukommen lassen. Wir sehen uns morgen um 14 Uhr."

Kapitel 3

Gegen 8 Uhr betraten die beiden Beamten die Firma Wilson durch den Haupteingang und wandten sich gleich dem Portier zu.

„Guten Morgen, ich bin Kommissar Pelzer und das ist mein Kollege Keith. Wir ermitteln im Fall Fortex."

„Morgen, ich habe schon gehört, schlimme Sache. Der Herr Fortex ist ja ein Ekel, aber so was, nee, wer denkt denn so was."

„Ich hätte da ein paar Fragen an Sie, Herr..."

„Klantjen, Hermann Klantjen."

Der Kommissar musste innerlich lächeln, das klang wie Bond, James Bond.

„Herr Klantjen, Sie hatten auch gestern Dienst."

„Ja, wieso?"

„Können Sie mir sagen, wann Herr Fortex genau kam und ob er mit Taxi oder mit dem eigenen Wagen kam?"

„Herr Kommissar, der und mit dem Taxi. Wenn der was getrunken hatte, rief er meist jemanden aus seiner Abteilung Zuhause an, denn die meisten hatten ja Angst, wenn sie was ablehnten, dass sie über kurz oder lang den Job verlieren würden. Da gäbe es einiges zu erzählen. Die kamen dann dorthin, wo er feierte, auf eigene Rechnung, warteten geduldig, bis König Fortex nach Hause wollte, stellten den Wagen in der Garage ab. Und wer kein Handy hatte, musste noch zur nächsten Telefonzelle laufen, um sich selbst ein Taxi zu rufen. Ja, wenn Elina, seine Frau, Zuhause war, die fuhr die Leute dann mit ihrem Käfer nach Hause. Das gab dann jedes Mal neuen Krach im Hause Fortex. Glücklich war sie sicher nicht, aber sie hatte eine innere Kraft und Ruhe, ich kenne keinen außer ihrem Mann, der sie nicht leiden konnte."

„Aber ich schweife ab. Herr Fortex kam gestern um ein oder zwei Minuten vor Neun durch die Toreinfahrt gefahren und als er an mir vorbeikam, sah ich auf die Uhr, es war genau 09 Uhr 01. Ich hatte mich gewundert, weil er sonst immer gegen 08 Uhr 50 auf den Hof fährt, dann bis 3 Minuten vor Neun wartet und um Punkt 8 Uhr 59 das Haus betritt."

„Sie sind sicher, dass er mit seinem Wagen kam?"

„Ja, sehen Sie hier." Er ging in die Pförtnerloge und zeigt einen kleinen Monitor.

„Wir haben rund ums Haus vier Kameras, eigentlich 5, aber eine ist seit zwei Tagen defekt, der Monteur kommt heute und setzt eine neue ein. Kurz vor neun schaue ich immer, wann Herr Fortex kommt, denn dann muss ich aus der Loge. Der letzte Pförtner hat seinen Job verloren, weil er im Sitzen „Guten Morgen" gesagt hat."

„Noch mal zu dem Ankunftszeitpunkt, würden Sie es beeiden können?"

„Herr Kommissar, ich kann es sogar beweisen. Die Aufnahmen außerhalb des Gebäudes werden drei Tage und innerhalb des Gebäudes sogar 14 Tage aufbewahrt. Das ist eine Marotte vom alten Wilson, ein eigenwilliger, aber gerechter Mann. Sein Sohn ist leider gar nicht nach seinem Vater gekommen, und so gewinnt Hans Fortex immer mehr an Macht in diesem Haus. Aber man munkelt, dass Wilson Senior Veränderungen vornehmen will, da er zwar die harte Linie im Geschäft befürwortet, aber nicht die Rücksichts-losigkeit. Leben und Leben lassen ist seine Devise."

„Könnten sie mir die Bänder von gestern heraussuchen, ich würde sie nachher dann mitnehmen. Die Sekretärin von Herrn Fortex ist doch sicher schon im Hause oder?"

„Die Marie, ja die ist oben. Seien Sie vorsichtig mit Frau Bingler, sie hatte viel privaten Kontakt mit Elina, ich meine Frau Fortex, sie ist ganz erschüttert, hat nur Angst, dass ihr Chef auftauchen könnte, sonst wäre sie sicher schon Zuhause. Soll ich Sie nach oben bringen?"

„Nein danke, wir finden den Weg. Übrigens werden in der nächsten Zeit ein Abschleppwagen und die Spuren-sicherung kommen. Lassen sie sich dann bitte die Mitnahme des Fahrzeuges des Herrn Fortex bestätigen, nicht dass Sie später Schwierigkeiten bekommen."

Mit dem Fahrstuhl fuhren die beiden Beamten in den 2. Stock und klopften an die Tür des Vorzimmers von Herrn Fortex. Nach einem leisen „Herein" traten sie ein.

Hinter einem großen, aber aufgeräumten Schreibtisch saß eine zierliche, schwarzhaarige Person, die dem Kommissar auf Anhieb sympathisch war. Einziger Manko waren die verheulten blauen Augen. Er schätzte sie auf 28 Jahre.

„Was kann ich für Sie tun, meine Herren?"

Die Beamten stellten sich vor und Keith, der seinen Vorgesetzten schon länger kannte, übernahm das Verhör:

„Frau Bingler, können Sie uns in groben Zügen erzählen, was gestern nach Eintreffen Ihres Chefs bis zu Ihrem Feierabend passiert ist? Uns interessiert vor allem das Verhalten Ihres Chefs. War er anders, war etwas ungewöhnlich?"

„Nun, der Tag hatte wohl nicht so toll angefangen für ihn, erst kam er zu spät, wenn man diese 2 Minuten zu spät nennen darf, dann hatte er sich die Hose noch verschmutzt und seine Frau …"

Hier stockte sie und weinte ein paar Tränen:

„Er hat sie den ganzen Tag versucht zu erreichen bzw. ich musste es versuchen. Jetzt mache ich mir Vorwürfe, dass ich nicht alles versucht habe, denn Elina, ich meine Frau Fortex mochten wir alle gern, und wenn ihr Mann mal seine Launen hatte und sie springen lassen wollte, dann haben wir Sie meist absichtlich nicht erreicht. Obwohl wir es hätten können."

Sie griff in eine Schublade und holte ein kleines rotes Buch hervor.

„Aus Sorge, dass es ihrem Mann an etwas fehlen könnte und er Ihre Hilfe braucht, hat sie, wenn Sie jemanden Neues in Ihrem Freundeskreis regelmäßig besucht, die Anschrift und die Telefonnummer hinterlassen. Ungewöhnlich war nur, das Frau Fortex ab 13 Uhr nicht Zuhause zu erreichen war."

Ein neuer Weinkrampf ließ sie erzittern und einige Zeit hörte man außer einem Schluchzen und dem Ticken der Wanduhr nichts.

Keith sah, wie der Kommissar sich zusammenriss, um nicht den Arm um Frau Bingler zu legen.

„Die Hose, die Herr Fortex gestern Abend trug, war aber sauber. Hat er sie gewechselt, oder wie ist es zu erklären?"

„Die Hose sollte ich heute zur Reinigung bringen, aber der Herr Wilson rief mich gestern noch zu Hause an und wollte, dass ich die aktuellen Projektunterlagen durchsehe und sortiere. Er käme gegen Mittag und werde sie dann verteilen oder selbst bearbeiten."

„Also ist die Hose noch hier, kann ich sie mal sehen?"

„Im Büro, in der Waschkabine, Moment, ich hole sie."

„Bleiben Sie sitzen und bemühen Sie sich nicht, ich schaue gerne selber nach, wenn ich darf." Schon beim letzten Wort war Keith an der Tür und ohne auf Antwort zu warten ins Büro geschlüpft. Frau Bingler wollte ihm nach, aber Pelzer hatte Geistesgegenwart genug, um sich mit den Worten: „Wie standen sie zu den Beiden?" ein wenig in den Weg zu stellen.

„Frau Fortex habe ich wie eine gute Freundin gemocht, wir waren ein paar Mal shoppen und haben auch öfters telefoniert. Wenn es nach dem Herrn Fortex gegangen wäre, hätte man mich schon entlassen. Denn er ist nicht mein Typ gewesen, ich wollte nur einen anständigen Job machen, das ist alles. Auf einer Tagung in Amsterdam gab es dann fast eine Vergewaltigung. Hans Fortex hatte zuviel getrunken. Zum Glück kamen im letzten Moment noch zwei Kollegen vorbei. Ich schämte mich so und war am Hadern, ob ich jemanden das anvertrauen kann. Zwei Tage später wollte man mich wegen Diebstahl entlassen. Ich wäre die einzige gewesen, die an einen Laptop mit wichtigen Daten heran gekommen wäre, und außerdem fehlten zu diesem Projekt auch Akten. Ich war fertig, erst Amsterdam und dann das. Ich rief Elina an, wollte ihr nur sagen, was für ein Schwein ihr Mann sei, habe ihr alles erzählt. Sie kam sofort zu mir, nahm mich in den Arm, brachte mich mit dem Auto hierher, fuhr ganz nach oben zu Herrn Wilson. Sie hat ihm die Amsterdamgeschichte erzählt und dass der Diebstahl ein Missverständnis sei. Ihr Mann habe mal wieder getrunken und sie hätte die Sachen nur über Nacht aus dem Auto nehmen wollen, und hatte es vergessen, ihrem Mann zu erzählen. Jeder wusste nun, dass ihr Mann ein linkes Ding mit mir drehen wollte, aber Elina legte allen mehr oder weniger eine Erklärung in den Mund und in die Herzen."

„Ich werde nächsten Montag direkt zu Herrn Wilson versetzt, es sollte noch ein paar Veränderungen geben, die Herr Wilson aber noch nicht bekannt gab. Seine Wut über Herrn Fortex konnte man ihm aber ansehen."

Wieder lief ein Krampf durch ihren Körper.

Keith, der inzwischen wieder mit der Hose aus dem Büro gekommen war, räusperte sich und sagte: „Frau Bingler, wenn dies die Hose ist, die Herr Fortex gestern morgen trug, möchte ich sie gerne vom Labor untersuchen lassen, ich stelle Ihnen selbstverständlich eine Quittung aus."

Nach einigen weiteren belanglosen Fragen wollten die beiden Beamten gerade das Büro verlassen, als die Tür aufging und ein älterer Herr hereinkam. Der Kommissar schätzte ihn auf etwa 65 Jahre und man sah ihm an, dass er von der alten Schule war. Korrekter Anzug und eine stramme Figur ließen ihn jünger erscheinen.

„Guten Tag, meine Herren, mein Name ist Wilson, Gründer dieses Unternehmens. Ich hörte, dass Sie im Hause sind, und wollte Ihnen gern noch eine Information mitteilen, die leider belastend für den Herrn Fortex ist, aber die Sie später doch herausbekommen werden. Vorab muss ich sagen, dass ich Herrn Fortex nicht für den Mörder halte. Er ist kein guter Ehemann gewesen, er ist menschlich vielleicht auch nicht der Freund, wie man sich ihn wünscht und als Chef hart und unerbittlich. Diese Fakten haben Sie sicher schon selbst herausgefunden. Doch was die Firmenleitung betrifft, ein absoluter fähiger Mann. Leider ist in jüngster Zeit ein nicht wieder gut zumachendes Missgeschick passiert, dass aus moralischen Gründen hier am Standort eine Beschäftigung des Herrn Fortex nicht mehr erlaubt. In einem Unternehmen wie diesem wird jede Veränderung zum Tratsch genutzt, und da ich mich seit diesem Vorfall mit verschiedenen arbeitslosen Managern getroffen habe, ist ja verständlich, was die stille Post berichtet."

Keith, der keine langen Reden mochte, wollte die Sache auf den Punkt bringen und unterbrach an dieser Stelle: „Kriminalassistent Keith mein Name. Sie wollten sich also von Herrn Fortex trennen, sehe ich das richtig."

„Genau das wollte ich nicht. Mein Sohn ist eine Niete, was die Geschäfte anbetrifft. Ich hatte vor, hier einen Manager einzusetzen. Herr Fortex sollte einen Standort in Litauen oder Polen aufbauen, und er sollte dann später von dort aus die gesamte Firma leiten. Dies wollte ich aber erst mit meinem Sohn regeln, denn trotz seiner Unfähigkeit liebe ich ihn und will ihm die Entscheidung über sein Erbe selbst lassen."

„Herr Wilson, Herr Fortex hat also gemerkt, dass es Veränderungen geben soll, aber nicht gewusst, welche, richtig?" Herr Wilson schaute Keith mit einem anerkennenden Blick an.

„Junger Mann, ich merke, Sie erkennen die Zusammenhänge sehr schnell."

Den jungen Mann schluckend, erwiderte Keith weiter:

„Hans Fortex hat Angst um seine Stellung, sucht die Schuld nicht bei sich, steigert seine Wut auf seine Frau in Hass und bringt sie um, ob im Streit oder geplant, lasse ich mal offen."

„Nun, Herr Keith, ich sagte schon, den Mord traue ich ihm nicht zu. Da stehe ich mit meiner Meinung auch ziemlich alleine, aber es gibt da noch einen Punkt, den ich noch nicht erwähnt habe. Am Abend vor dem Tod von Frau Fortex fand bei Kalinkes eine Party statt. Kalinke ist einer unserer Lagerarbeiter, hat ein großes Grundstück und gibt jedes Jahr ein Grillfest. Dort hat wohl einer unserer Architekten zuviel getrunken und gelästert, dass Hans Fortex wohl das letzte Mal dabei sei. Frau Fortex, die ihren Mann gefahren hat und daher nüchtern war, versuchte zu schlichten. Darauf hin schrie er los, sie sei doch an allem Schuld, sie sei doch mit Frau Bingler zum Alten gerannt, dafür bringe er sie eines Tages um und so weiter und so fort. Da seine Frau beliebt war, stellten sich einige sofort vor sie, da er vielleicht sonst noch handgreiflich geworden wäre. Frau Fortex hat ihren Mann aber 2 Stunden später trotz weiterer Beschimpfungen nach Hause gefahren. Es ist mir auch nicht bekannt, dass er seine Frau mal geschlagen hat. Sie hat mit ihrer ruhigen Art selbst dieses Tier von Mensch zu bändigen gewusst."

„Herr Wilson", mischte sich zum ersten Mal Kommissar Pelzer in das Gespräch ein, „was Sie hier aussagen, ist ein erstklassiges Mordmotiv, aber sie halten ihn für unschuldig. Wie passt das zusammen?"

Herr Wilson schaute ihn verächtlich an: „Das herauszufinden bleibt Ihnen überlassen, ich hielt es für meine Pflicht, Ihnen das mit zu teilen, wenn Sie weitere Fragen an mich oder das Personal haben, kann ich ihnen einen Raum zu Verfügung stellen lassen. Einen guten Tag, meine Herren."

Ohne sie noch eines Blickes zu würdigen, ging er in das Zimmer des Herrn Fortex und schloss die Tür.

Ein wenig verblüfft fragte Keith: „Was war jetzt das? So einen schnellen Abbruch des Gespräches hätte ich nicht erwartet."

„Er mag es überhaupt nicht, wenn die Menschen, die ihn ansprechen, sich nicht vorstellen. Das hatten sie unterlassen, Herr Pelzer."

Die beiden Beamten verabschiedeten sich von Frau Bingler und sprachen noch mit einigen Mitarbeitern, die auf der Party von Kalinke waren. Nirgends ein nettes Wort über Hans Fortex.

Kurz vor 13 Uhr waren sie wieder im Präsidium, tippten Protokolle und bekamen vom Labor und der Spurensicherung die vorläufige Bestätigung, dass sowohl im schwarzen Bentley als auch an der Hose Blut gefunden worden sei. Ob es das Blut von Elina Fortex ist, könnte aber erst morgen genau bestätigt werden.

Um 14 Uhr traf der Staatsanwalt Kluge aus Oldenburg ein und kurz danach auch Andressen mit seinem Mandanten Fortex, der von einem Vollzugsbeamten begleitet wurde, ein. Nach der Begrüßung wurden alle Fakten offen gelegt und besprochen. Hans Fortex, beim Eintritt in das Amtszimmer noch sicher, das alles ein Irrtum ist, war nach zwei Stunden nicht mehr in der Lage, sachlich zu argumentieren. Er schimpfte was von Unfähigkeit der Beamten bis hin zur Intrige gegen ihn. Nach weiteren drei vergeblichen Stunden, Licht ins Dunkle zu bringen, fasste der Staatsanwalt alle Fakten zusammen.

Er sah den Grund für eine weitere Untersuchungshaft als gegeben an, er schloss mit den Worten: „Ich lasse Sie in die Haftanstalt Oldenburg überführen und werde sie wegen Mordes anklagen. Den Mord im Affekt sehe ich nicht als gegeben an, da zwischen Todeszeitpunkt Ihrer Frau und dem Erscheinen im Büro eine kurze Zeitspanne liegt, Sie aber noch einen Einbruch vorgetäuscht haben. Ich gehe davon aus, dass Sie diesen Mord schon lange im Sinn hatten, nur der Zeitpunkt kam für Sie überraschend. Das Taxi konnten wir bis jetzt nicht auftreiben, so dass für mich feststeht, dass Sie selbst den Bentley zur Firma gefahren haben. Leider ist die Kamera, die hätte zeigen können, ob Sie aus dem Wagen stiegen oder über den Seiteneingang den Hof betreten haben, seit einigen Tagen defekt. Doch ihr Motiv, die Gelegenheit und die Indizien reichen eindeutig aus. Dass Sie Blut an der Hose hatten und sich Blut im Wagen befand, ist ein weiterer Beweis.“

Vier Monate später wurde Hans Fortex zu 18 Jahren Freiheitsentzug wegen Mordes verurteilt. Er beteuerte bis jetzt seine Unschuld und der Anwalt leitete ein Berufungsverfahren ein.

Kapitel 4

Ein ungewohntes Geräusch hatte sie aufwachen lassen. Es hatte geklungen wie ein Schreien oder war es ein Quietschen gewesen? Obwohl sie gerade erst aufgewacht war, konnte sie es nicht mehr sagen. Zuviel war in diesen zwei Minuten an Wahrnehmungen auf sie eingestürmt. Sie hatte die Augen aufgemacht, und das erste, was sie sah, war die ungewohnte weiße Decke. Vor Schreck wollte sie sich aufsetzen, merkte jedoch, dass sie an das Bett regelrecht gefesselt war. Nach einer kleinen Weile hatte sie begriffen, das sie sich in einer Art Krankenzimmer befinden musste und das, was sie ans Bett hielt, ein Bauchgurt zu sein schien.

„Nimm dich zusammen!" sprach sie zu sich selbst und versuchte sich zu erinnern, wie sie in diese Situation gekommen war. Einfach war das nicht, denn ihr Körper führte gerade einen Selbsttest durch. Automatisch bewegte sie die Zehen, die Waden, die Knie. Nirgends Schmerzen, auch sonst schien nichts gebrochen. Dazwischen immer wieder die bange Frage, wie komme ich hier her? Was haben wir heute für einen Tag, woran kann ich mich erinnern? So langsam setzten sich die Erinnerungsstücke zusammen. Sie zwang sich, Ruhe in ihren Kopf zu bringen und den letzten Tag, der ihr im Gedächnis war, von vorn zu beginnen.

Am Donnerstagmorgen war sie wie immer um 6 Uhr aufgestanden und hatte für den Jens und sich das Frühstück gemacht. Es war das vorletzte Frühstück, das sie für ihn machen durfte.

Vor fünf Jahren fing sie bei Lars, Lars Inken, um genau zu sein, als Kindermädchen an. Sie hatte schon an drei Stellen vorher gearbeitet, aber noch nie so lange, und sie hatte auch noch nie ein Kind so lieb gewonnen wie Jens. Wenn man es genau betrachtet, war es eigentlich ihr Sohn. Seine Mutter starb bei einem Verkehrsunfall und sie zog ihn auf, seit er zweieinhalb war.

Doch vor vier Wochen kam Lars dann zu ihr und sagte: „Anna, es fällt mir schwer, Ihnen zu kündigen, aber es muß sein. Corinna wird in zwei Monaten die Stiefmutter von Jens, und wir möchten, dass er sich schon rechtzeitig an ein Leben ohne Sie gewöhnt."

Gewiss, er hat noch über ihre Verdienste geredet und das er ohne sie Jens wahrscheinlich in ein Internat hätte geben müssen, aber sie hat sich gefühlt, als ob man ihr eigenes Kind jemand anderem geben wollte.

Seit diesem Tag vor vier Wochen hatte Corinna keine Chance mehr bei ihr. Wenn man es genau betrachtet, dann gab Corinna sich wirklich richtig Mühe, um eine gute Stiefmutter zu werden. Sie fragte nach den Speisen, die Jens gern hat, und auch nach all den anderen Dingen, die einem verborgen bleiben, wenn man sich nicht ständig um ein Kind kümmert.

„Doch wie habe ich es ihr gedankt?" sagte sie zu sich selber und erschrak, weil es in dem unbekannten Zimmer so laut klang. Corinna gab sich Mühe, und sie, ein einfaches Kindermädchen, gab entweder keine oder ausweichende Antworten, ja, in ihrer gekränkten Rolle hat sie auch schon mal etwas Falsches erzählt, in der Hoffnung, dass, wenn sie gehen muß, das Kind traurig ist und Lars sie wiederholt.

Doch Dienstagabend hielt sie es dann nicht mehr aus, und nachdem Jens im Bett war, ging sie zu Lars und seiner Verlobten Corinna ins Wohnzimmer.

„Herr Inken", begann sie mit einem kleinen Frosch im Hals, denn „Herr Inken" zu sagen, fiel ihr heute erst recht schwer. Seitdem Corinna im Hause wohnte, durfte sie Lars Inken nur noch beim Nachnamen nennen. „Ich möchte Sie bitten, dass ich hier weiterhin arbeiten darf. Ich würde auch auf einen großen Teil meines Geldes verzichten, wenn ich nur bei Jens bleiben darf. Er ist wie mein eigener Sohn, und wer verliert sein Kind schon gerne?"

Während Lars noch nach Fassung rang, antwortete Corinna mit freundlicher Stimme:

„Anna, glauben Sie mir, ich kann mir vorstellen, wie Sie sich fühlen, ich habe vor vielen Jahren mal einen Bruder verloren. Aber Sie werden verstehen, das ich versuchen will, Jens eine Freundin und vielleicht Ersatzmutter zu werden. Ich kann Sie oder seine richtige Mutter nie ersetzen, aber wenn ich immer ehrlich zu dem Jungen sein werde, dann können ich und Jens vielleicht eine Art von Mutter-und-Kind-Beziehung aufbauen. Ich und Lars sind uns einig, dass wir Sie nicht aus dem Leben von Jens streichen können. Doch wir wollten Ihnen am Freitag nahe legen, dass Sie uns vielleicht ein Jahr nicht mehr besuchen, zumindest den Umgang mit Jens meiden. Sie können sich natürlich bei mir oder Herrn Inken erkundigen, wie es dem Jungen geht. Aber keinen persönlichen Kontakt mit dem Jungen, wenigstens das erste Jahr nicht. Lars und ich wissen, was der Junge und auch wir Ihnen zu verdanken haben. Aber es ist zum Wohl des Kindes. Sollten wir merken, dass wir das Falsche getan haben, sind wir die Letzten, die Jens einen Umgang mit Ihnen verbieten. Aber Sie müssen uns auch verstehen und uns diese Chance geben."

Immer wieder hallten diese letzten Worte in ihren Ohren.

„Hallo, sind Sie wach. Hallo, Frau Anna Keiser, aufwachen!"

Wie aus einem Nebel kam die Stimme in ihre Gedanken. Es war, als ob die Stimme einen anderen Film in Ihre Augen legte. Der Schmerz, dass sie Jens verlieren würde, hatte sie die momentane Lage vergessen lassen. Nun verblassten die Erinnerungen und plötzlich sah sie das freundliche Gesicht einer Krankenschwester vor sich. „Wo bin ich?" piepste sie mehr als sie sprach.

„Sie sind im Wittmunder Kreiskrankenhaus, Station 12, Zimmer 1203. Ich bin die Nachtschwester Maria und werde Ihnen jetzt erst mal den Bauchgurt abnehmen, wenn Sie versprechen, das Zimmer nicht zu verlassen."

„Weswegen bin ich denn hier, hatte ich einen Unfall, welchen Tag haben wir heute?" Ihre Stimme klang jetzt schon kräftiger.

„Wir haben es jetzt kurz vor 24 Uhr, und wir haben immer noch Donnerstag, den 28.5.2004. Warum Sie hier sind, müssten Sie ja selbst am besten wissen."

Der letzte Satz lies Anna erschrecken, denn die Tonlage war nicht die einer netten Krankenschwester. Schwester Maria entfernte die Gurte vom Bett und sagte in einem wieder versöhnlicheren Ton:

„Wenn Sie etwas brauchen, so drücken Sie bitte auf diesen Knopf."

Nun war Sie wieder allein mit sich und Ihren Gedanken. Sie kehrte zum Dienstagabend zurück. Oh, es wurde noch eine schreckliche halbe Stunde. Was haben sie sich nicht alles an den Kopf geworfen. Zuletzt hatte sie etwas gesagt, das sie zwar schon gleich bereute, aber irgendwie das zum Ausdruck brachte, was sie in dem Moment fühlte.

„Lars, wenn Sie mir Jens wegnehmen, dann bringe ich mich um!"

Nach diesem Satz hatte sie sich weinend auf Ihr Zimmer zurückgezogen. Am Mittwoch wurde das Gespräch weder von ihr noch von den beiden anderen erwähnt.

Was mache ich hier im Krankenhaus? Habe ich etwa versucht, mich umzubringen? Was habe ich denn gemacht?

Nachdem Jens und ich gefrühstückt hatten, sind wir doch los zur Schule. Obwohl er ja den Weg allein schon gehen könnte, brachte sie ihn jeden Morgen zur Schule. Ob er das wohl vermissen wird oder ob er froh ist, nun als großer Junge allein zur Schule gehen zu dürfen. Aber sie musste sich zusammennehmen, sie durfte mit den Gedanken nicht immer wieder abschweifen.

Also, wie jeden Morgen sind sie gegen 7 Uhr 35 aus dem Haus. An der Ecke trafen sie wie immer seit ungefähr drei Monaten den älteren Herrn.

„Morgen, Herr Jens! Morgen, Frau Anna, sind Sie wieder auf dem Weg, um die Welt mit Ihrem Wissen zu bereichern?"

Sie wusste von ihm keinen Namen und auch nicht, wo er wohnte, aber er war immer da und ruhte sich von seinem Lauftraining aus. Den netten jungen Mann mit seinem Hund sahen sie heute nicht, denn der war immer nur Dienstags und Freitags auf dieser Route, wie er immer die verschiedenen Wege zum Gassi gehen nannte. Kurz vor der Schule stand ein alter Ford an der Straße. Den hatte sie hier noch nie gesehen und er passte auch nicht hier in die Straße.

Sie erwog schon in Gedanken, die andere Straßenseite zu benutzen, als sie von einem etwa 40 jährigem Mann angesprochen wurde.

„Haben Sie mal Feuer, Madame?"

„Nein, ich rauche nicht" antwortete sie, und dann konnte sie sich nur noch an einen eigenartigen Geruch erinnern.

Sie starrte zur Decke und überlegte, was denn nun eigentlich mit ihr passiert ist. Was war das für einen Geruch, und was hat sie danach gemacht. So sehr sie auch überlegte, sie kam nicht weiter als bis zu dem Zeitpunkt, als sie den Geruch wahrnahm. Es schien so, als ob alle Erinnerungen bis zu dem Erwachen in diesem Raum fehlten. Jens, was ist mit Jens? Sie wollte gerade nach der Schwester rufen und sie nochmals fragen, warum sie denn im Krankenhaus lag oder wenigstens Antwort auf die Frage nach dem Verbleib von Jens erhalten, als die Zimmertür leise, aber bestimmt aufging.

Ein in einen leichten Regenmantel gekleideter Mann kam auf sie zu und starrte sie mit böse funkelnden Augen an.

„Mein Name ist Kommissar Nannen, ich muß Ihnen jetzt ein paar Fragen stellen. Sind Sie dazu in der Lage?"

„Ja", sagte sie in der Hoffnung, nun Antworten auf ihre Fragen zu bekommen.

„Sind Sie Anna Keiser, angestellt bei Lars Inken als Kindermädchen für Jens Inken?"

„Ja, das bin ich. Sagen Sie mir eins, Herr Kommissar, was ist passiert, geht es dem Jungen gut?"

Der Kommissar holte tief Luft und schien nach Fassung zu ringen.

„Kommen Sie mir nicht so, Sie haben ihn doch schließlich ermordet."

Sie starrte ihn an, ihre Ohren hatten seine Worte gehört, doch ihr Verstand wollte es nicht aufnehmen und verstehen.

„Wie bitte?"

Der Kommissar sah sie eine Weile an und fragte sich, ob es gut war, ihr es in aller Härte zu sagen. Aber als stolzer Familienvater ist er auch nur ein Mensch mit Gefühlen. Er hatte heute das tote Kind gesehen, das Leid des Vaters und dessen Freundin, und das hatte in ihm die Wut gegen die Mörderin aufgebaut, die hier vor ihm lag. Kommissar Nannen, reiße dich zusammen.

„Frau Keiser, fangen wir noch mal an. Zuerst möchte ich Sie über Ihre Rechte aufklären, dass alles, was Sie jetzt sagen, gegen Sie verwendet werden kann. Sie können sich gerne einen Anwalt zu Hilfe nehmen oder die Aussage verweigern."

Während der Belehrung kam sein Kollege Ebert ins Zimmer, so dass er auch einen Zeugen für diese Belehrung hatte.

„Frau Keiser, haben sie mich verstanden?"

Die Angesprochene erschrak und sah ihn an:

„Jens, tot, mein kleiner Jens, das kann nicht sein. Was ist denn passiert?"

Nannen gab seinem Kollegen einen Wink, den Arzt zu holen. Er hatte das Gefühl, das Anna Keiser zurzeit keine anständige Aussage machen würde. Und diese Mörderin laufen lassen wegen eines Verfahrenfehlers, das sollte ihm nicht passieren. Sie warteten, bis der Arzt ihr eine Beruhigungsspritze gegeben hatte und eine Beamtin aus der Bereitschaft vor der Tür des Zimmers 1203 Posten bezogen hatte.

Kapitel 5

Am nächsten Morgen hatte der Arzt erlaubt, gegen 10 Uhr eine erste Anhörung durchzuführen. Sie waren jetzt alle in dem Büro des Oberarztes versammelt, der ihnen dies für diese Angelegenheit zur Verfügung gestellt hatte. Alle, das waren Nannen und sein Kollege Ebert, Oberstaatsanwalt Groschke, Pflichtverteidiger Junghans, Schwester Gabriele, die auf Anraten des Arztes dabei sein sollte, und Frau Keiser.

Die Beamten hatten sich geeinigt, dass der Oberstaatsanwalt Fragen stellt und der Kommissar die entsprechenden Fakten liefert, falls die Verdächtige etwas bestreiten sollte.

„Frau Keiser, ist Ihnen bekannt, dass Herr Inken Schlaftabletten im Hause hatte, die er immer mal einnimmt, wenn er am nächsten Tag ein wichtiges Geschäft abschließen will? Und des Weiteren, wissen Sie auch, wo sie liegen?"

„Ja, das weiß ich, ich selbst habe ja darauf bestanden, das sie nicht im Bad oder Nachtschrank aufbewahrt werden, sondern im Kleiderschrank obere Borde links."

Ihre Stimme wurde flatterhaft:

„Wollen sie damit sagen, dass ..."

Ihr Anwalt legte ihr beruhigend die Hand auf die Schulter:

„Beruhigen Sie sich, Frau Keiser, lassen Sie uns hören, was der Herr Oberstaatsanwalt noch zu fragen hat. Wenn etwas stimmt, antworten Sie mit ja oder richtig, ansonsten mit nein. Zu allem anderen werden wir uns danach äußern."

„Frau Keiser, sie hatten am Dienstag mit Herrn Inken eine Aussprache, wo Sie den jungen Jens als Ihren fast eigenen Sohn bezeichneten und auch davon sprachen, das Sie sich umbringen würden, ist das so weit richtig?"

„Aber so war das doch nicht gemeint, ich wollte doch ..."

Wieder unterbrach sie der Anwalt: „Bitte nur ja oder nein!"

Ein pfiffiger Anwalt, dachte Groschke, aber das Spiel kenne ich besser:

„Herr Nannen wird Ihnen jetzt an Hand der Fakten aufzählen, wie wir Ihren Tagesablauf am Tag des Mordes recheriert haben. Bitte Herr Nannen."

„Herr Inken und seine Verlobte haben so gegen 5 Uhr 30 das Haus verlassen. Sie wollten noch in der Wohnung der Verlobten einige Sachen holen, bevor beide nach Hannover zu einer Messe für Architekten aufbrachen. Nach Aussage der beiden stehen Sie immer so gegen 6 Uhr auf, machen sich fertig und bereiten dann das Frühstück für alle Personen, die im Hause sind. Am besagten Tattag also für sich und den Jungen. Sie werden ihn wie immer gegen zirka 6 Uhr 45 geweckt haben. Nach dem Frühstück haben Sie laut einem Bauern, der gegenüber sein Feld pflügte, das Haus gegen zwanzig vor acht verlassen und sind Richtung Schule gegangen. Der Bauer hat leider nicht so darauf geachtet, was der Junge anhatte. In der Schule hat man Jens wohl vermisst, aber da man wusste, dass Sie eine verantwortungsvolle Erzieherin sind, nahm man an, dass Sie nach einem Arztbesuch die Schule informieren würden. Gegen Mittag lag noch keine Meldung vor, und da es in einer Dorfschule persönlicher als in der Stadt zugeht, wollte man Sie erreichen. Gegen 14 Uhr versuchte man es ein letztes Mal am Festnetzanschluss und wählte dann die Handynummer des Herrn Inken."

Hier machte Nannen eine Pause von ca. 30 Sekunden. Anna Keiser starrte ihn an, wollte was sagen, aber die Hand des Anwalts lag beruhigend auf ihrer Schulter, und so kam nur ein leises Schluchzen.

„Herr Inken ließ seine Verlobte fahren und telefonierte mit allen Freunden, Ärzten und Krankenhäusern in dieser Gegend. Um 16 Uhr 30 rief er auf dem Revier in Wittmund an, und von dort wurde sofort eine große Suchaktion gestartet. Die Hundestaffel Hannover hatte an diesem Tag eine Übung in Norden, so dass diese bereits kurz vor 18 Uhr eingesetzt werden konnte. Die Hunde führten uns bis vierhundert Meter an die Schule heran, bogen dann jedoch Richtung Wald in einen Wiesenweg ab. Dort trafen wir nach ca. 1,5 km auf eine kleine Lichtung, die uns dann rechts zum dem alten Holzgebäude führte."

„Daraus ergibt sich, das Sie, Frau Keiser, mit dem Kind das Haus verließen, den eben beschriebenen Weg einschlugen, dem Jungen dort das Schlafmittel gaben und selbst dann auch Tabletten und Alkohol nahmen, um dieser Welt für immer zu entschwinden. Ob Sie dem Jungen vor Ort oder schon morgens seinen guten Anzug anzogen, muss die Spurensicherung klären, sicher ist, Sie lasen dem Jungen noch aus einem Karl- May-Buch vor und überzeugten ihn wahrscheinlich so davon, dass es sich um ein Spiel handelte. Fakt ist, der Junge ist an Vergiftung gegen 12 Uhr verstorben und laut den Ärzten haben Sie nur überlebt, weil Sie nicht mehr genug Tabletten für sich hatten, Sie wollten bei dem Jungen auf Nummer sicher gehen. Laut Gerichts-medizin hätte es da aber auch die Hälfte der Tabletten getan.“

Eben noch die Ruhe, sprang Anna Keiser plötzlich auf:

„Ist das Ihr Ernst, wollen Sie wirklich sagen, das ich den Jens hätte töten können, ich habe Jens geliebt, ihn auf-gezogen, man wollte ihn mir wegnehmen, ja das stimmt, er war doch mein Sohn, jedenfalls fühlte ich mich als seine Mutter, aber ich habe ihm noch nie weh getan und ich habe ihn nicht umgebracht. Eine Mutter beschützt und mordet nicht.“

Nach diesem Anfall setzte sie sich und fing an zu weinen. „Jetzt ist er alleine dort oben, keiner der ihn liebt. Wäre ich nur auch tot, dann könnte ich ihm jetzt beistehen. Eine Mutter gehört doch zu ihrem Sohn.“

Genauso plötzlich sank sie geführt vom raschen Zugriff der Schwester zurück auf ihren Stuhl zusammen und weinte still vor sich hin.

Betretenes Schweigen herrschte im Raum. Der Kommissar war zufrieden, das hörte sich alles nach einem Schuld-geständnis an, obwohl, nun ja, er musste sich an Fakten halten, den Rest müssten die Richter entscheiden.

Der Anwalt unterbrach die Stille:

„Ich habe mit meiner Mandantin vor dieser Unterredung sprechen können, ohne Sie wie ein Tier“, dabei schaute er den Kommissar an, „in die Enge zu treiben.“

„Sie hat das Haus an dem bewussten Morgen zu der ange-gebenen Uhrzeit verlassen und traf auch einen Zeugen, der sicher bestätigen kann, dass der Junge nicht seine Sonntagssachen trug. Außerdem bitte ich Sie, nach einem alten Ford zu fahnden, der sich dort aufgehalten hat und dessen Fahrer ein junger Mann war, der Frau Keiser betäubt haben muss. Denn seit diesem Zeitpunkt weiß Frau Keiser nichts mehr und wachte erst im Krankenhaus wieder auf."

Trotz intensiver Bemühungen durch Aufrufe in den Medien ließen sich weder der alte Mann noch ein Zeuge, der den Ford gesehen hat, auftreiben. Der Tatort wurde von der Spurensicherung nochmals weitflächig abgesucht, ohne entkräftende Spuren zu finden.

Das Haus von Lars Inken wurde ebenfalls nach Spuren auf Fremdeinwirkung sprich Einbruch untersucht. Auch hier Fehlanzeige.

Anna Keiser wurde nach 4 Monaten aufgrund der Beweise zu 30 Jahren Haft wegen geplanten Mordes verurteilt. Sie beteuerte weiterhin ihre Unschuld, und wegen ihrer Psyche wurde sie in der Klinik in Wehen eingewiesen.

Auch Ihr Anwalt ging in die Berufung.

Kapitel 6

Seit langem fühlte er sich nicht mehr so gut. Endlich konnte er mal an etwas Anderes denken als nur an Hass und Abscheu. Dieser Abend war einfach wunderbar. Falsch oder richtig, wer wollte das schon sagen. Es ist immer eine Betrachtungsweise, auf jeden Fall hat dieser Abend sein Leben geändert und er würde jetzt alles anders angehen. Er schreckte aus seinen Gedanken, denn der Fahrer seines Taxis hatte irgendetwas gesagt.

„Wie bitte?" „Ich sagte, Sie müssen hier schon aussteigen, die Polizei hat die Strasse gesperrt."

Er straffte sich, zahlte den Fahrer aus und stieg in die warme Sommerluft hinaus. Dann ging er langsam auf die zuckenden Blaulichter zu, die von mehreren Dienstfahrzeugen der Polizei und einem Krankenwagen die Landschaft in ein bizzares Lichtermeer tauchten.

„Hier können Sie nicht durch."

„Entschuldigen Sie, aber ich wohne hier und das ist mein Haus, vor dem Sie stehen."

„Bitte Ihren Ausweis!" Und im gleichen Moment rief der junge Polizist auch einen Beamten in Zivil herbei.

„Herr Lemke, gestatten Sie mir, dass ich mich vorstelle. Mein Name ist Botrowski von der Mordkommission. Kommen Sie bitte mit ins Haus."

„Wer sind Sie und was heißt Mordkommission?" Ihm wurde komisch im Magen, kündigte sich da ein Brechreiz an:

„Was ist mit meiner Tochter, was ist mit meiner Familie?"

„Ihre Frau ist tödlich verunglückt. Sie wurde von einem Auto überfahren, nach Aussagen eines Zeugen absichtlich, was auch die Spuren besagen."

„Was sagen Sie da, meine ..." Die Stimme versagte ihm nun doch. „Wo ist meine Tochter, weiß sie es schon?"

„Sie ist im Wohnzimmer, der Notarzt hat ihr eine Spritze gegeben. Bevor Sie zu Ihrer Tochter gehen, habe ich noch ein paar Fragen an Sie."

„Man erzählt mir gerade, meine Frau ist absichtlich überfahren worden, meine Tochter hat einen Arzt bei sich und Sie wollen sofort ein paar Fragen stellen. Ich will jetzt zu meiner Tochter, und alles andere können Sie mich später fragen."

Nach einer kurzen Pause und bereits nach einigen Schritten in Richtung Haus drehte er sich noch mal um:

„Herr Botrowski, schnappen Sie das Schwein, bevor ich es tue!"

Als er im Hause eintraf, kam der Arzt gerade aus dem Wohnzimmer und schloss die Tür.

„Sie schläft jetzt, sie wird sicher in 20 bis 30 Minuten wieder aufwachen, aber man sollte ihr die Zeit lassen und sie jetzt nicht stören. Ich habe ein paar Schlaftabletten dagelassen und morgen schaue ich noch mal rein, wenn es Ihnen recht ist."

„Ja, Herr Doktor, danke."

Er ging in die Küche, nahm sich die Kornflasche aus dem Eisfach und schenkte sich einen ein. Als er sich bereits das zweite Glas genehmigte, merkte er, dass der zivile Polizist in der Tür stand.

„Setzen Sie sich und trinken einen mit?"

„Nein danke, der Dienst, wissen Sie. Aber sind Sie jetzt bereit, ein paar Fragen zu beantworten?"

„Zuerst erzählen Sie mir, wie es passiert ist, und dann beantworte ich Ihnen alles." Sagte es und schenkte sich bereits den vierten ein.

„Ihre Frau kam so wie immer am Dienstag gegen 22 Uhr 30 von ihrer Klönschnackrunde. Wie wir bereits wissen, hatte ihre Frau nie Lust, noch das Gartentor aufzumachen, und parkte wie immer auf der gegenüberliegenden Seite. Heute allerdings mit dem Unterschied, dass Ihr Nachbar gefeiert hat und daher direkt gegenüber kein Parkplatz mehr war. So musste Ihre Frau ein Grundstück weiterfahren."

„Diesem Umstand verdanken wir es auch, dass wir nicht von einem Unfall, sondern von einem Mord ausgehen. Denn ihr Nachbar Lausewitz, der um diese Zeit immer mit dem Hund ausgeht, hat gesehen, dass der Täterwagen am Gehsteig stand und erst den Motor angelassen hat, als Ihre Frau ausstieg."

Der Kommissar machte eine Pause und schaute ihn nur an: „Das war ein Fehler, denn die dadurch verbrauchten 1 bis 3 Sekunden genügten Ihrer Frau, die Strasse zu überqueren. Wir nehmen an, der Täter hat Ihre Frau des Öfteren beobachtet, warum er also nicht einfach gewartet hat auf das nächste Mal, ist uns im Moment schleierhaft, Fakt ist, der Fahrer des Wagens hat direkt Kurs auf Ihre Frau genommen, die sich in dem Moment schon auf dem Gehweg befunden hat, und hat Ihre Frau in genau berechneter Geschwindigkeit angefahren, dass sie lang zu Boden stürzte, so dass sie von dem linken vorderen und hinteren Reifen überrollt wurde. Der Zeuge sagt aus, der Fahrer hätte abgebremst, so dass der Hinterreifen einen Moment auf Ihrer Frau zum Stehen kam. Aus den Spuren und aus den Verletzungen, die Ihre Frau durch diese Aktion erlitten hat, geht dasselbe hervor, der Täter hat sich für diesen Mord Zeit genommen. Es reichte ihm nicht aus, Ihrer Frau nur tödliche Verletzungen beizubringen. Was muss jemand für ein Motiv haben, um so grausam zu sein?"

Er schaute den Kommissar nur an und sagte kein Wort.

„Weil Mutti am Freitag endgültig zum Anwalt gehen und die Scheidung einreichen wollte. Ab Montag hätte er dann keinen Job mehr gehabt und Unterhalt hätte er auch nicht bekommen, nur die Abfindung aus der Firma!"

Maria stand in der Tür mit weinenden Augen, die dennoch vor Hass glühten. „Alles hat er Mama weggenommen, in der Firma hatte sie keine Kontrolle mehr und Kontakt hatte sie nur durch Ihren Klönschnackabend. Sie musste Zuhause sitzen und auf einen Anruf des Meisters warten, bringt er Gäste mit, dann musste Sie meist in ein oder zwei Stunden etwas zaubern und wehe, es hat irgendetwas nicht gestimmt."

„Dann setzte es Prügel. Und hatte der Herr mal Lust auf eine seiner abartigen Vorlieben, dann wurde sie dazu benutzt, allen Dreck aus zu probieren."

„Sei still, was erzählst du denn da, wir haben sicher keine Musterehe geführt, aber ich, ich liebte meine Frau und dich liebe ich doch auch, wie kannst du nur so etwas sagen?"

Seine Gestik verriet eindeutig den Schnaps aus den jetzt schon ungezählten Gläsern. Er wollte sich in seiner Wut auf Maria stürzen, doch sein Verstand ließ ihn am Küchentisch Platz nehmen.

„Du bist ein Schwein und du hast meine Mutter getötet!" Während er sich einen weiteren Schnaps eingoss, ging Maria weinend in ihr Schlafzimmer zurück. Der Kommissar gab einer Streifenbeamtin den Wink, ihr zu folgen, und setzte sich an den Küchentisch genau Herrn Lemke gegenüber.

„Herr Lemke, durch den Verdacht Ihrer Tochter mache ich Sie darauf aufmerksam, dass ich Sie nun nicht mehr als Zeugen, sondern als Tatverdächtigen vernehmen muss, dies bedeutet, das Sie Ihren Anwalt anrufen oder die Aussage verweigern können. Ich werde jetzt einen zweiten Beamten hinzuziehen und Ihnen dann ein paar Fragen stellen."

Nach bereits zwei weiteren Schnäpsen war die Stimme schon etwas lauter, aber immer noch sicher: „Ich brauche keinen Anwalt, stellen Sie mir Ihre Fragen und dann verschwinden Sie aus meinem Haus. Meine Frau wurde getötet, und weil Sie keine Lust haben, im Dunkeln zu suchen, soll ich jetzt gehängt werden oder was?"

Zehn Minuten später war aus dem Wagen der Spurensicherung ein Laptop organisiert und auch ein Beamter, der diesen mit zehn Fingern bedienen konnte.

„Herr Lemke, nachdem Sie über Ihre Rechte aufgeklärt sind und auf einen Anwalt verzichtet haben, frage ich Sie, wo waren Sie heute ab 20 Uhr bis zu Ihrem Eintreffen hier so gegen 30 Minuten nach Mitternacht?"

„Ich habe wie immer am Dienstag gegen 19 Uhr das Büro verlassen, dann habe ich im ‚Sturmvogel' ein Bier trinken wollen."

Lemke grinste, ob durch einen schönen Gedanken oder bereits durch den Alkoholgenuss, konnte der Kommissar nicht deuten.

„Ausgerechnet heute kam ich mit einer netten jungen Dame ins Gespräch, sie plapperte mich einfach an und es gefiel mir. An den Grundzügen der Aussage meiner Tochter ist schon etwas dran, wir führten keine Musterehe. Deswegen kam ich mir so geschmeichelt vor. Was sie sagte, mit den Sorgen um ihren Freund und so, habe gar nicht gehört, ich gebe es zu, ich wollte sie einfach nur haben. Ich war auf dem Egotrip."

„Bereits nach einer halben Stunde fragte sie mich, ob ich sie nach Hause fahren würde. Und ob ich wollte. Sie bestand aber darauf, dass ich ihren Wagen nehme, denn sie müsse morgen früh zur Uni und brauche dann den Wagen. Merkwürdig fand ich es, dass ich den Wagen eine Querstrasse weiter parken sollte. Aber als sie sagte, ich solle doch mit rauf kommen, da war mir das egal. Danach habe ich mir dann mit Ihrem Handy ein Taxi gerufen, allerdings nicht direkt zu ihr, das wollte Sie wegen den Nachbarn nicht, man kommt ja so leicht in Gerede. Und dann bin ich mit dem Taxi hier her."

„Wie heißt die gute Frau und wo wohnt sie?"

„In der Kappelstrasse 42, und ich kenne sie nur unter dem Namen Petra."

„Was war das für ein Auto, das Sie gefahren sind?"

„Älteres Modell und dunkle Farbe, mehr weiß ich nicht. Und nun ist auch Schluss mit lustig, ich bin jetzt müde und will schlafen. Ermitteln Sie und fangen das Scheusal, das meine Frau getötet hat und dafür sorgt, das meine Tochter mich für den Mörder hält!"

Der Kommissar sah ein, dass im Moment nichts mehr aus dem Tatverdächtigen herauszubekommen ist, außerdem galt es jetzt, die Aussage zu überprüfen.

Kapitel 7

Zwei Tage später saßen sich der Kommissar und Herr Lemke wieder gegenüber. Diesmal im Dezernat in Wittmund.

„Was fällt Ihnen ein, mich aus einer Notstands-sitzung meiner Firma herausholen zu lassen wie einen Verbrecher?"

„Herr Lemke, die ist eine offizielle Vernehmung im Fall Gisela Lemke. Anwesend ist der Staatsanwalt Dr. Renner und als Zeugin Polizeibeamtin Frau Clausen, die auch das Protokoll führen wird. Zuerst möchte ich Sie nochmals auf Ihre Rechte hinweisen und Ihnen empfehlen, Ihren Anwalt zu konsolidieren, denn ich nehme Sie jetzt vorläufig fest, da Sie dringend tatverdächtig sind, Ihrer Frau aufgelauert und mit der eindeutigen Absicht, sie zu töten, überfahren haben.."

Lemke, gewohnt in der Chefrolle die Zügel in der Hand zu haben, wollte sich auch hier nicht vorführen lassen wie einen dummen Jungen:

„Ich brauche derzeit noch keinen Anwalt, ich bin unschuldig, ich habe Ihnen gesagt, was ich an diesem Abend gemacht habe, nun will ich Ihre Argumente hören."

„Ja, Herr Lemke, Sie waren offen zu uns und wir konnten alles prüfen. Gegen 19 Uhr haben Sie die Firma verlassen, gegen 19 Uhr 30 waren Sie im ‚Sturmvogel'. Dort haben sich die Kollegen gewundert, das Sie sich nach der Uhrzeit erkundigt haben, denn beim Eintreffen in Ihrem Haus trugen sie eine Rolexuhr, zwar in Kopie, aber der Kollege sah es, weil er sich für Uhren interessiert. Warum also haben Sie sich nach der Zeit erkundigt? Weiter haben wir ermittelt, dass der Bedienung nicht aufgefallen ist, wann Sie und ob Sie in weiblicher Begleitung gegangen sind."

„Herr Kommissar, wollen Sie mich deswegen verhaften, weil ich einmal nach der Uhrzeit frage und sich keiner merken kann, wann und in welcher Begleitung ich ging?"

„Keine Angst, Herr Lemke, es geht noch weiter, eine Kappelstrasse 42 gibt es nicht, und dort, wo der Taxifahrer Sie abgeholt haben soll, ist in der Nacht keine offizielle Fahrt bei den ortsansässigen Unternehmen gemeldet. Wir haben das Täterfahrzeug aber in der Mühlenstrasse in Jever gefunden, und welch ein Wunder, dort sind Sie von einem Taxiunternehmen als Fahrgast gemeldet. Nicht genau am Fundort des Pkws, sondern Ecke Friesenweg / Anton-Günter-Straße in Jever. Und es gibt in der Friesenweg sogar eine Wohnung auf den Namen Petra Marwitz, aber die Dame lebt schon seit drei Monaten nicht mehr dort, und die Kollegen der Spurensicherung waren in der Wohnung. Sie haben festgestellt, dass die Wohnung mindestens anderthalb Monate nicht mehr betreten worden ist. Zu Ihrer Verhaftung führt aber das gefundene Täterfahrzeug. Wir sind davon ausgegangen, dass der Täter dieses Fahrzeug evtl. verschrotten oder ausbessern lässt. Nun kam uns ein Zufall zu Hilfe. Sie kennen sicher das Haus nahe dem Arbeitsamt, in dem es gebrannt hatte. Für Bauarbeiten musste ein dunkles Fahrzeug entfernt werden. Da dieses ordnungsgemäß geparkt war, musste der Abschlepper die Polizei informieren. Der Wagen hatte eine Berliner Autonummer. Die Halteranfrage ergab, dass dieses Kennzeichen als gestohlen gemeldet war. So gingen die Abschleppkosten zu Lasten der Staatskasse, aber wir konnten das Fahrzeug sicherstellen und Ihre Fingerabdrücke sichern."

Der Kommissar machte eine kleine Pause.

Lemke schien nun nicht mehr ganz so kühl zu sein wie am Anfang, doch seine Stimme war noch immer fest:

„Ich habe meine Frau nicht umgebracht, wir hatten keine gute Ehe, sie wollte die Scheidung, doch das hatten wir schon ein paar Mal durch, für Sie mag das ein Motiv sein, ich liebte meine Frau und habe sie in ihrer Todesnacht das erste Mal betrogen. Ich könnte kotzen, wenn ich daran denke. Aber einen Mord, nein niemals."

„Sie sollten jetzt besser Ihren Anwalt anrufen, denn das Täterfahrzeug besaß nicht nur Ihre Fingerabdrücke, sondern auch zwei besagte Berliner Nummerschilder, die in der Nacht gestohlen wurden, als Sie vor einem Monat im Hotel Kempinski übernachtet haben. Übrigens auch in der Nähe des Hotels, keine zwei Gehminuten entfernt. Sie sehen, es passt alles."

„Ich bin aber unschuldig, Sie müssen mir glauben. Ich weiß nicht, was Sie von mir wollen, bitte rufen Sie meinen Anwalt an. Sagen Sie ihm auch bitte gleich, wie viel Kaution er mitbringen muß."

Zum ersten Mal mischte sich der Staatsanwalt ein:

„Ich weiß nicht, was Sie für eine Bestie in sich haben, aber eine Kaution wird es nicht geben. Wenn Sie jetzt gestehen, können wir überlegen, was Sie dazu veranlasst hat und Ihnen helfen. Doch solange Sie Ihre scheußliche Tat nicht bereuen, werde ich Sie mit der ganzen Kraft des Gesetzes verfolgen."

Der Staatsanwalt wandte sich an den Kommissar: „Herr Botrowski, ich sehe die Beweise als ausreichend an, lassen Sie Herrn Lemke mit seinem Anwalt telefonieren und lassen Sie ihn dann in die Zelle bringen. Ich werde Anklage erheben, sagen Sie das Ihrem Anwalt, Herr Lemke!"

Kapitel 8

„Sande, hier Sande!"

Habbo Claasen schreckte auf. Sande, wie oft war er hier ein- und ausgestiegen, damals während seiner Bundeswehrzeit, wie oft Verwandte, Bekannte und Freunde vom Zug abgeholt oder verabschiedet. Ein paar neue Farbanstriche hier und da, ein paar neue Schilder, die bedingt durch die Umstellung auf die Nordwestbahn notwendig waren, ansonsten sah es vom Zug aus wie damals. Ein merkwürdiges Gefühl beschlich ihn und eine Frage drängte sich ihm auf, kam er nun endlich nach Hause. Die Bremsen des Zuges lösten sich und der Triebwagen zog an. Nun ging es Richtung Wilhelmshaven. Der Spruch von früher fiel ihm ein:

„In Aurich ist das traurig, in Leer noch viel mehr, doch will man jemanden wirklich bestrafen, den schickt man nach Wilhelmshaven."

Sein Dienststellenleiter Karl G. Arnolds wollte ihn sicher nicht bestrafen, aber eine leichte Aufgabe erwartet ihn auch nicht.

Seit zwei Wochen hatte er gerade seinen verdeckten Einsatz in Raum Esslingen / Plochingen beendet und jetzt eigentlich 6 Wochen genehmigten Urlaub nehmen wollen, als Arnolds ihn zu sich rief. Als er in das Büro des Dienststellenleiters eintrat, standen schon Teetassen mit Kluntje und Sahne bereit, und als sie sich begrüßt hatten, brachte die Sekretärin ein Stövchen und ein Kännchen Tee herein. Aus einer Schublade holte der Dienststellenleiter die berühmten Leidenschaften, ein Teegebäck aus Jever.

„Habbo, ich will gleich zur Sache kommen, ein alter Freund von mir sitzt in der Klemme. Ich kann den ermittelnden Kollegen keinen Vorwurf machen, wenn es nicht um jemanden gehen würde, den ich so gut kenne, dann würde ich als Staatsanwalt genauso reagieren. Ich habe mit seinem Anwalt gesprochen und mit etlichen Kollegen im Bereich Norden bis Wilhelmshaven."

„Im letzen dreiviertel Jahr ist es der dritte eindeutige Fall, wo trotz der Beweislast überführten Mörder sich bis heute nicht für schuldig befunden haben und in Berufung gingen. Sogar ihre Anwälte raten ab, da auf Grund der Beweise auch bei der zweiten Instanz kein anderes Urteil gesprochen werden kann. Und doch habe ich immer einen Beamten oder Staatsanwalt bekommen, der mir gesagt hat, was der Beschuldigte sagt, klingt glaubwürdig. Ich möchte dich bitten, dass du in deinem Urlaub mal von außen die Sache anschaust. Du bekommst in Wilhelmshaven ein Büro und eine Beamtin zugewiesen. Sie ist zwar eine Streifenbeamtin, aber offiziell ermitteln wir halt nicht. Schreibe jede Stunde auf, die du arbeitest, die rechnen wir dann in deinen nächsten Auftrag rein. Je früher, desto besser, aber in vier Wochen wünsche ich einen Zwischenbericht. Sollte es sich ergeben, das du etwas entdeckst, kannst du natürlich ganz offiziell ermitteln. Aber im Moment bist du ein Bundeskriminaler auf Urlaub.“

Nachdem sie dann die Akten gemeinsam durchgegangen waren, war Habbo in die Pension am Killesberg, hat seine Sachen aus- und eingeräumt und alles, was er nicht benötigte, bei der Wirtin abgegeben. Mit zwei Koffern, die mit der Dienstpost nach Jever geschickt wurden, und einer Reisetasche voll Wäsche verließ er gestern um 22 Uhr 05 den Stuttgarter Hauptbahnhof.

Die Gedanken abschüttelnd sah er aus dem Fenster. Der Zug durchfuhr gerade den Bahnübergang an der Werftstrasse. Er war eher selten mit dem Zug in diese Stadt eingefahren und doch sah man die ganzen Veränderungen. Viel Neues veränderte das Stadtbild und zeigte, dass die Stadt lebenswert war. Aber der Zug rollte auch an Hinterhöfen lang, an denen man auch die andere Seite sehen konnte, dass es nicht nur Glanz und Gloria in der Stadt gab. Doch schon bremste der Zug und rollte nicht mehr wie erwartet in den alten Bahnhof ein, sondern in die so genannte Nordseepassage. Ein Einkaufszentrum, das sich mit seinen zwei Parkhäusern wie ein U um die Gleisanlagen gelegt hatte und somit das alte Bahnhofsgebäude verschwinden ließ.

Er stieg langsam aus und ließ den Blick über das Gebäude schweifen. Obwohl er große Gebäude nicht mochte, so fand er dieses nicht mal so schlecht.

„Herr Claasen!" Erschreckt drehte er sich um. Vor ihm stand eine junge Beamtin von ungefähr 30 Jahren in Uniform und lächelte ihn an.

„Petersen mein Name! Moin Moin. Wenn Sie Herr Claasen sind, dann soll ich Sie abholen und in die Ebertstrasse bringen."

„Das bin ich, Moin Moin. Wenn Sie nichts dagegen haben, bringe ich meine Tasche zu Ihrem Wagen und laufe in die Ebertstrasse, denn ich habe die ganze Nacht gesessen und es sind ja nur 10 Minuten."

„Kein Problem, aber der Herr Volkers will Sie dann sofort in seinem Büro sehen, 2. Stock Zimmer 255. Ich melde Ihm, dass Sie laufen, und warte dann auf Sie in der Kantine. Und die Tasche können Sie mir geben, so schwach wie ich aussehe, bin ich nicht."

Er gab ihr die Tasche und sie entschwand Richtung Parkhaus, wo ein Streifenwagen halb auf dem Bürgersteig parkte. Er bog links ab am ehemaligen C&A vorbei, wo jetzt ein Sonderpostenmarkt eingezogen war. Links sah man den neuen Busbahnhof und Cafe Köhler, vorbei am Stadtpark, und rechts, da war er mal bei einem Augenarzt gewesen, lang lang ist´s her. Schon war die Ebertstrasse entlang des Marinearsenals erreicht und damit auch das Revier und Sitz der verschiedenen Dezernate. Er holte noch einmal tief Luft und bereute es schon jetzt, nicht in Sande ausgestiegen zu sein. Hier konnte er das Meer riechen, aber nicht sehen. Seine Gedanken gingen zu den Deichen von Harlesiel bis Norddeich und noch weiter, schwebten über die ostfriesischen Inseln an die langen Strände.

„Hallo, wo wollen Sie denn hin? Hallo Sie!"

Er schreckte aus seinen Gedanken hoch, ganz automatisch hatte er das Gebäude betreten und hatte den diensthabenden Beamten nicht beachtet. Er wies sich aus, und nachdem er einen grünen Anstecker mit einer Plastikkarte und seinem Namen, Rang und Dienststelle bekommen hatte, durfte er sich auf dem Weg machen.

Er werde schon erwartet, er solle sich beeilen, der Herr Volkers warte nicht gerne.

Fängt ja gut an, dachte er und klopfte nach fünf Minuten an die Tür mit der Nummer 255.

„Herein!"

Hinter der unscheinbaren Tür erwartete ihn ein Zimmer von ca. 12 x 6 Meter großen Ausmaßen, die Wände voll gestopft mit Büchern und Akten und am Fenster zwei Schreibtische. Einer davon war besetzt, und davor stand ein Besucherstuhl.

„Guten Tag, Herr Claasen, mein Name ist Volkers! Ich habe wenig Zeit und auch wenig Verständnis dafür, dass das BKA mir einen Beamten schickt, der die Arbeit meiner Leute oder die der anderen nördlichen Dienststellen kontrolliert. Wir sind um jede Hilfe dankbar, wenn es um offene Fälle geht, aber in diesen drei Fällen sind die Mörder so was von eindeutig. Ich habe mich mit Ihrem Vorgesetzten geeinigt, sollten Sie etwas finden, ist es dem Erfolg und Fleiß des Ihnen zur Seite gestellten Beamten zu verdanken, wenn nichts bei raus kommt, wird unsere hervorragende Ermittlungsarbeit in Ihrem Bericht in allen Tönen gelobt. Sie sehen, verlieren tun Sie so oder so. Man bestand darauf, Ihnen einen Schreibtisch zu geben. Der Raum U22 wurde für Sie und die Beamtin Petersen eingerichtet. Ist zwar im Keller, aber Sie haben ein Dach über dem Kopf und Telefon gibt es auch. Sollten Sie ein Haar in der Suppe finden, dann bitte ich Sie, mit allem Nachdruck daran zu arbeiten, denn was wir hier in Norddeutschland noch mehr hassen als jemanden, der uns auf die Hände schaut, ist ein Mörder, der eventuell einen Unschuldigen im Gefängnis für sich büßen lässt. Haben Sie noch Fragen?"

Claasen, der nicht mal dazu kam, sich vor dieser Standpauke zu setzen, verstand sein Gegenüber sehr gut und mochte ihn auf Anhieb. Die Augen von Volkers strahlten Wachsamkeit und Kraft aus, der Ton in seiner Rede war scharf, aber ehrlich, genau der Typ von Mensch, der lieber auf der Rückseite eines alten Formulars schreibt, um Kosten zu senken, aber auch bereit ist, bei einem vagen Verdacht hin lieber eine Hundertschaft in Marsch zu setzen, als in dem Moment auf die Kosten zu schauen.

„Keine Fragen mehr, danke für Ihre Unterstützung."

„Eines muss ich Ihnen noch sagen, die Frau Petersen hat hier den Ruf des dummen Blondchens, sie hat ihre Prüfungen mehr mit Glück als mit Wissen geschafft, aber glauben Sie mir, wenn Sie ihr die Möglichkeit geben, haben Sie eine der besten Beamten dieses Reviers."

Sie gaben sich die Hände und Claasen suchte die Kantine auf.

Die Kantine war ein langer, schmaler Raum im Erdgeschoss, auf der Fensterseite Tische mit jeweils 4 Stühlen und auf der anderen Seite Automaten für Zigaretten, alkoholfreie Getränke, heiße Suppen, Süßwaren und Brötchen. Hinter den Automaten erkannte man noch die Öffnungen der früheren Kantine. Aber die Sparmaßnahmen haben solche Sachen ja zuerst vernichtet. Er merkte, dass er von einigen gemustert wurde. Egal, wie groß ein Revier ist, die stille Post hat sicher seine Ankunft in jedes Zimmer getragen. Frau Petersen saß ziemlich am Ende der Tisch-reihe allein an einem Tisch und las in irgendwelchen Unterlagen. Zum ersten Mal betrachtet er sie genauer.

Er schätzte sie auf ca. 1,70 cm, wenn er sich richtig erinnert, denn sie saß ja jetzt. Sie besaß dunkelblondes, schulter-langes Haar und ein nettes Gesicht. Sie wirkte in ihrer Uniform schmal, er war sich aber sicher, das alles bei ihr an der richtigen Stelle saß.

„Darf ich mich setzen?"

Sie schreckte auf und schaute ihn aus graublauen Augen an.

„Aber ja, ich studiere nur noch mal meine Stichpunkte, die ich mir beim Lesen der Akte Lemke gemacht habe. Zwar hat der Anwalt sich auch bemüht, Lücken zu finden, aber die Beweislast ist erdrückend!"

„Frau Petersen, bevor ich die Akten selber studiere, möchte ich mich gerne mit allen drei Tätern, sagen wir besser mutmaßlichen Tätern, unterhalten. Können Sie das für morgen organisieren? Ich will einen Eindruck über die Menschen haben. Und die Stichpunkte, die Sie sich gemacht haben, werfen Sie die morgen ruhig mit ins Verhör ein. Nun aber eine grundlegende Frage an Sie persönlich? Halten Sie es für verschwendete Zeit oder meinen Sie wirklich, das eventuell eine der Personen zu Unrecht verhaftet wurde?"

Etwas überrascht von dieser Frage schaute ihn die Beamtin an:

„Ich weiß nicht, was mir nicht gefällt, ist die fast jedes Mal gute und lückenlose Beweisführung. Die Täter hätten auch mit weniger Beweisen überführt werden können, so sieht wirklich alles gestellt aus. Auf der anderen Seite kann ich die Kollegen, die ermittelt haben, verstehen. Die Täter sind jedes Mal laut ihren eigenen gemachten Aussagen in den Protokollen nicht sympathisch, und daher ist man froh, eine solche Beweiskette zu haben."

„Ich sehe schon, Sie haben sich mit den Fällen ausgiebig beschäftigt. Sorgen Sie dafür, dass die Verhöre morgen um 9 Uhr hier beginnen können, und dann holen Sie mich danach bitte vom Helgolandkai mit dem Wagen ab. Wohnen Sie in Wilhelmshaven oder müssen Sie auch Richtung Jever?"

„Ich wohne in Wittmund, suche in Wilhelmshaven aber eine Wohnung, da ich hier jetzt erst mal drei Jahre in der Ebertstrasse bleibe und bei den heutigen Benzinpreisen."

„Gut, dann könnten Sie mich ja nach Jever mitnehmen, lassen Sie Ihren eigenen Wagen stehen und nehmen sie ein Dienstfahrzeug, nach Möglichkeit ein ziviles. Sagen wir, in zwei Stunden am Kai." Nach diesen Worten stand Habbo Claasen auf und verließ die Kantine.

Claudia Peters sah ihm mit einem neugierigen Blick hinterher. Hier auf der Dienststelle war er als Superbulle des BKA´s angekündigt und er wusste, was er wollte, das war nach seinen Anweisungen klar.

Aber sie hatten alle einen James Bond Typ erwartet, nicht einen 1,72 großen Typen mit Bauchansatz, der anscheinend auch noch ein Träumer war. Ob es sie enttäuschte oder freute, konnte sie noch nicht sagen.

Kapitel 9

Langsam schlenderte Habbo Claasen an dem Marine-arsenal bis zur Ahrstrassse lang und gelangte nach 15 Minuten auf die Kaiser-Wilhelm-Brücke. Von hier konnte man schon auf den Jadebusen sehen und die Freiheit des Meeres erfühlen. Diese alte, aber noch voll betriebsfähige Drehbrücke ist das Wahrzeichen von Wilhelmshaven, das er immer noch voll Stolz betrachtet, und das die Pracht Wilhelmshavens von einst erahnen lässt. Am Südstrand entlang an den Cafes und dem Seewasseraquarium nahm er auf einer Bank Platz und schaute in die Weite. Durch die Wärme des Tages lag ein Dunst auf dem Wasser, so dass man die andere Seite des Jadebusens zwar sehen konnte, aber nur als dunklen Umriss wahrnahm. So gab er sich ganz seinen Gedanken hin, bis ihm die innere Uhr sagte, dass er gleich abgeholt werden würde. Er war gerade am Anleger des Helgolandschiffes "Wilhelmshaven" angekommen, als Frau Petersen mit einem weißen Polo auf den Parkplatz fuhr. Er stieg wortlos ein und sie schwiegen beide bis zum Ortsausgang Wilhelmshaven.

„Wo soll ich Sie denn in Jever absetzen?"

„In der Nähe des Bahnhofs. Am besten, Sie fahren die Anton-Günter-Strasse rein."

„Die Verhöre beginnen gegen 9 Uhr. Erst Herr Lemke, dann Frau Keiser und zuletzt Hans Fortex. Die Anwälte habe ich unterrichtet, nur der Anwalt des Herrn Lemke wird zugegen sein."

Inzwischen fuhren sie am alten Olympiagelände vorbei, da, wo nach Stilllegung Tausende Ihre Arbeit verloren. Heute siedeln dort hauptsächlich Callcenter jeglicher Art.

„Ihre Tasche und die Koffer sind übrigens hinten im Wagen. Die Koffer kamen gerade, als ich den Hof verlassen wollte, der Dienstwagen ist auf Ihren Namen gemeldet, da ich nicht befugt bin, einen zivilen Wagen zu beanspruchen."

Sie fuhren durch Ostiem und Schortens, aber bis auf den neuen Combi und einen Umbau beim alteingesessenen Möbelhaus hatte sich hier nicht viel verändert. Doch nach der Festwiese auf der linken Seite, da war ein Neubaugebiet entstanden und ein Schild wies darauf hin, dass es beim Freibad jetzt auch einen Campingplatz gab.

Doch Jever hatte sich verändert. Durch seine Umgehungsstrasse gab es eine andere Verkehrsführung, zweimal durch den Kreisverkehr und „Aral" war durch eine andere Marke n ersetzt worden.

Aber sehr viele Orte erkannte Habbo Claasen auch wieder und es tauchten viele Erinnerungen auf. Am Bahnhof angekommen ließ er Frau Petersen halten.

„Ich lasse die beiden Koffer im Wagen, die laden wir morgen Abend aus, ich nehme die Tasche mit und laufe das letzte Stück. Wir treffen uns hier morgen wieder um 7 Uhr. Und, Frau Petersen, ich habe nichts gegen die Uniform, aber Sie selbst finden es sicher auch bequemer, in Zivil zu ermitteln. In diesem Sinne. Bis morgen!"

„Ja, danke und noch einen schönen Abend noch."

Aber Sie war sich nicht sicher, ob er das überhaupt noch gehört hatte, denn die Tür hatte er gleich wieder zugemacht, seine Tasche aus dem Kofferraum geholt und marschierte Richtung Schlosserplatz.

Fast 2 Jahre hatte er diese Tür nicht mehr aufgeschlossen, die Tür zum Elternhaus. Eltern und Schwester waren in Österreich, dadurch konnte er mal nach Hause kommen und die Stille und Erinnerungen des Hauses voll genießen. Doch auch die eigene Einsamkeit in diesem großen Haus wurde deutlich spürbar. Er inspizierte jeden Raum, sog die Gefühle auf, die ihn trafen. Mal mit Freude, mal mit Wehmut, aber alle hatten eines gemeinsam. Er fühlte sich wieder Zuhause. Er rief nach einer guten Stunde bei seiner Tante an, die immer nach dem Rechten sah, wenn das Haus leer stand, und meldete sich an, damit sie nicht erschrecken würde, wenn plötzlich jemand im Haus ist. Wie erhofft gab es in Mutters Tiefkühltruhe Brot und im Kühlschrank Käse und Butter. Auch die Keksdosen gaben die eine oder andere Leckerei noch her. Nach einem Anruf in Österreich ging er in die obere Etage, wo seine Wohnung lag. Er machte sich einen Tee und genoss die Geborgenheit und Vertrautheit der eigenen vier Wände. Er war wieder Zuhause.

Kapitel 10

Pünktlich um 9 Uhr brachte man Jan Lemke in das kleine Büro, das Habbo Claasen und Frau Petersen zugewiesen worden war. Es besaß keine Fenster, dafür jede Menge Aktenregale und zwei gegen einander gestellte Schreibtische, so dass kaum noch Platz für die einfachen Stühle war, Drehstühle hätten schon gar nicht gepasst.

Der Hauptkommissar musterte Jan Lemke. Er sah einen Menschen, der im Fernsehen auf jeden Fall die Rolle des Bösewichts hätte spielen müssen. Markantes Gesicht und dunkle unergründliche Augen und ein fehlendes Mienenspiel ließen ihn Angst einflössend wirken.

„Sie können dem Herrn Lemke die Handschellen abnehmen, er wird sich hoffentlich keinen Fluchtversuch erlauben", wandte er sich an den Aufsichtführenden Beamten.

„Wo ist mein Anwalt, er wollte zugegen sein, ohne ihn sage ich nichts."

Jan Lemke schaute die beiden Beamten an:

„Was soll das überhaupt, mich nach Wilhelmshaven zu kutschieren, nur für ein Verhör!"

Habbo erwiderte darauf nichts und schwieg. Ob bewusst oder weil sie sich nicht traute, schwieg auch Frau Petersen. Nach zwei Minuten klopfte es an der Tür und ein kleiner Mann mit Hornbrille trat ein.

„Dietz mein Name, Rechtsanwalt und Notar. Herr Jan Lemke ist mein Mandant!"

„Freut mich. Ich bin Hauptkommissar Habbo Claasen und das ist die Beamtin Frau Petersen. Diese Vernehmung findet statt, damit Sie, Herr Lemke, mich von ihrer Unschuld überzeugen können und uns eine Möglichkeit geben, wo wir ansetzen können. Wir stellen Fragen und hoffen auf Hinweise, die zur Ihrer Unschuld führen. Meine erste Frage, wie viel ist dran, das sich Ihre Frau von Ihnen scheiden lassen wollte?"

„In unserer Ehe hat es kritische Momente gegeben. Ja, mir ist auch mal die Hand ausgerutscht, und sie hat auch des Öfteren mal mit der Scheidung gedroht, aber immer, wenn sie bei Holger, ich meine bei Herrn Dietz einen Termin diesbezüglich machte, gab er mir Bescheid. Ich habe dann immer auf schön Wetter gemacht und konnte so die Sache einrenken."

„Herr Dietz, stimmt das und hatte Frau Lemke auch diesmal wieder einen Termin bei Ihnen?"

„Nein, jedenfalls ist mir nichts bekannt, kann sein, dass sie bei meiner Angestellten einen Termin abgemacht hat, aber den erfahre ich dann immer erst kurz vorher."

Mit einem kurzen Blick auf seinen Mandanten fügte er hinzu: „Um es gleich vorweg zu nehmen, meinen Angestellten ist kein Termin mit Frau Lemke bekannt, ich habe mich dort gleich erkundigt."

„Sie brachen also immer Ihr Schweigegelübde gegenüber Frau Lemke?"

„Nein, Frau Petersen, ich habe immer klar gemacht, dass ich nur eine Partei Lemke vertreten kann, und Jan wickelt alle seine Anliegen über meine Kanzlei ab."

„Kennen Sie die Kanzlei Mausen und Partner?"

Der Anwalt wurde leicht unruhig:

„Ist mir so nicht bekannt, nein. Den Namen, den kenne ich wohl, hatte aber geschäftlich noch nichts mit dieser Kanzlei zu tun. So viel ich weiß, suchen sie Ihre Klienten im sozial schwächeren Bereich. Das ist aber auch schon alles, was ich weiß."

„Dann würde ich Ihre Angestellten mal fragen, was sie mit deren Schreiben gemacht haben, das an Ihre Kanzlei ging. Mausen und Partner forderten eine Kopie des Ehevertrages sowie auch den Gesellschafts- und Arbeitsvertrag des Herrn Lemke von Ihnen, und dies schon drei Wochen vor dem Mord!"

„Das kann ja auch sein, Frau Petersen, aber ein solches Schreiben ist mir nicht bekannt, und ich nehme das gleiche für meine Angestellten an, denn Sie sind loyale und integere Personen, die ein Schreiben nicht einfach verschwinden lassen würden."

„Herr Lemke, was wäre passiert, wenn sich nun Ihre Frau tatsächlich von Ihnen getrennt hätte: Arbeits- und mittellos, oder wäre es so schlecht für Sie nicht ausgegangen?"

„Leider das erstere. Ich war verliebt damals, und der Vater meiner Frau hat diesen Vertrag erarbeiten lassen. Das war ein schlauer Fuchs. Was meine Ehe betrifft, da mag ich ein Schwein gewesen sein, habe einiges immer wieder falsch gemacht! Meine Tochter hat da zwar kräftig übertrieben, aber dennoch liebte ich meine Frau und konnte ihr jedes Mal die Liebe wieder beweisen. Seit dem letzten Jahr, da denke ich, das sie sich von mir abwandte, dass sich in ihr ein Hass auf mich entwickelte, der das Zusammenleben mit ihr zur Hölle machte. Das ganze wurde noch durch meine Tochter unterstützt, die mich, wo immer es ging, schlecht machte. Ich gebe zu, in jener Nacht aus der Ehe ausgebrochen zu sein, ein Seitensprung, dem sicher in der nächsten Zeit mehrere gefolgt wären, aber meine Frau geplant umbringen? Nein, das hätte ich nie können."

Während Jan Lemke sprach, beobachtet ihn der Hauptkommissar. Der Verdächtige schien entweder eiskalte Nerven zu haben oder ein guter Schauspieler zu sein. Die Stimme wurde an den richtigen Stellen weich und auch wieder hart. Aus dieser kurzen Beobachtung konnte man Jan Lemke für den Mörder, aber auch für unschuldig halten, je nachdem, wie man selbst über diesen Menschen dachte.

„Wer könnte denn sonst Interesse haben, Ihre Frau zu töten? Gab es Feinde, Anrufe oder Drohungen?"

„Nein, Herr Kommissar, nicht, das mir etwas bekannt ist. Allerdings hat sich meine Frau mir auch nicht mehr anvertraut, vielleicht weiß meine Tochter Maria etwas."

„Wieso sagten Sie den Kollegen die Adresse Kappelstrasse Nummer 42?"

„Ich habe vor dem Telefongespräch mit der Taxizentrale nach der Adresse gefragt, und da gab Petra mir diese Daten. Kappelstrasse 42 sagte sie, aber bitte bestelle das Taxi ans Straßenende, denn eine junge Studentin kommt leicht ins Gerede."

„Herr Lemke, ich werde morgen einen Zeichner schicken, und Sie werden diese Frau auf dem Papier entstehen lassen, damit wir sie auffinden können!"

Habbo stand auf.

„Fällt Ihnen noch etwas ein, was Sie vielleicht vergessen haben zu sagen, eine Begebenheit im Wagen, eine Besonderheit in der Wohnung, irgend etwas, wo wir den Hebel ansetzen können?"

„Nein, nichts. Ich gebe zu, ich wollte sie flachlegen und dann die Sache wieder vergessen, nur eines, da mache ich mir die ganze Zeit einen Kopf drüber, der Taxifahrer, der sprach mich mit Namen an. Man meldet sich zwar bei der Zentrale mit Namen, aber dass der Fahrer einen mit dem Namen anspricht, ist doch eher selten."

„Haben Sie die Nummer des Taxiunternehmens selber gewählt oder hat die junge Dame gewählt?"

„Als ich das Handy nahm, klingelte es schon und die Taxizentrale war auch gleich dran."

„Danke, das war es fürs erste, Herr Lemke. Wir werden versuchen, die letzten Unklarheiten zu beseitigen."

Habbo wollte gerade dem wartenden Beamten einen Wink geben, als Frau Petersen sagte: „Herr Lemke und Herr Dietz, sagen Ihnen die Namen Lars Inken, Anna Keiser, Hans Fortex etwas?"

Habbo meinte bei Jan Lemke ein kurzes Aufblitzen zu sehen, einen kleinen Moment der Unsicherheit, aber bevor er nachhaken konnte, sagte der jetzt lächelnde Anwalt:

„Ist das eine Fangfrage? Von der Kindermörderin hat doch jeder in unserer Gegend gelesen. Und mir als Anwalt ist auch der Fall Fortex aus der Presse ein Begriff. Was soll diese Frage?"

Statt auf den Anwalt einzugehen, ging die junge Beamtin direkt auf Herrn Lemke zu:

„Und Sie, Herr Lemke, und was wissen Sie über die Fälle, denn alle drei Fälle haben irgendwie mit der Baubranche zu tun, da spricht man doch sicher darüber?"

„Hören Sie, mein Freund Arnolds wollte mir Hilfe schicken, um meine Unschuld zu beweisen, und nicht jemanden, der mich noch in andere Fälle verstricken will. Ich habe meine Frau geliebt und nicht getötet! Und was die Namen betrifft, Inken und Fortex sind in der Baubranche bekannt, ja, das ist richtig. Aber was die Gerüchte betrifft, kann ich da nicht mehr sagen als jeder andere, der in dieser Region lebt!"
Lemke und Dietz erhoben sich wie auf ein geheimes Zeichen gleichzeitig und gaben damit kund, das diese Vernehmung für sie beendet war.

Einer der beiden uniformierten Beamten legte Herrn Lemke wieder Handschellen an. Sie nahmen ihn in ihre Mitte und führten ihn hinaus. Der Anwalt folgte ihnen und schloss die Tür.

„Herr Claasen, ich bin der Meinung, er ist es gewesen! Fragen Sie mich nicht, warum. Wenn wir weitersuchen, werden wir vielleicht auf Indizien stoßen, die uns an seiner Schuld zweifeln lassen, aber ich bin sicher, er war es."

Die Petersen schaute den Hauptkommissar an, als warte sie auf ein Lob oder Tadel, aber er tat, als habe er sie nicht gehört, und machte sich seinen eigenen Gedanken.

Eine halbe Stunde nach dem Abgang von Lemke saß Anna Keiser auf dem Stuhl. Eine Pflegerin des Krankenhauses saß hinter Ihr. Anna Keiser sah schlecht aus.

Der Hauptkommissar konnte nur erahnen, was für eine lebensfrohe Person dieses menschliche Wrack einmal gewesen sein könnte. Vollkommen apathisch saß sie dort und Habbo Claasen bereute diese Vorladung schon jetzt. Er hatte schon immer einen Beschützerinstinkt, wenn eine Frau sich so zeigte, es fiel ihm dann schwer, sich objektiv zu zeigen. Ein Blick auf die Petersen zeigte ihm, dass auch ihr nicht gerade wohl in ihrer Rolle war.

„Frau Keiser, mein Name ist Hauptkommissar Habbo Claasen und das ist die Polizeibeamtin Petersen. Wenn Ihnen diese Vernehmung zu schwer wird, Sie sind hier freiwillig und können jederzeit abbrechen."

Und an die Schwester gewandt:

„Schwester, wenn sie der Meinung sind, das wir aufhören sollten, können Sie jederzeit etwas sagen."

„Frau Keiser, Sie brauchen jetzt nicht den Tag des Mordes wiederzugeben, das steht alles in den Akten. Was ich möchte, das Sie einfach erzählen, was nicht richtig sein kann. Ein Beispiel: Jemand behauptet, ich würde Berliner Weiße mit Waldmeister trinken. Er hat Recht, er kann gesehen haben, dass ich Berliner Weiße trinke, aber ich trinke Sie nur mit Himbeersaft. Wissen Sie, was ich meine, Frau Keiser?"

Zum ersten Mal schaute Sie ihn an. Glanzlose Rehaugen, die ganze Sitzhaltung gab bekannt, dass sie keine Hoffnung mehr hat.

„Ich, ich weiß nicht, ich habe alles so lang und breit erzählt, doch glauben tut mir ja eh keiner."

„Mich würde interessieren, ob Sie den Wagen zum Beispiel wieder erkennen würden. Es gibt ja viele Fordmodelle, die Frage ist, woher wissen Sie, dass es ein Ford war, und wenn Sie es genau wissen, hatte er ein besonderes Merkmal?"

Anna Keiser schaute die Beamtin an, als wäre sie aus dem nichts aufgetaucht.

„Mein Opa besaß eine Werkstatt und in der habe ich viele Stunden verbracht. Es war ein dunkelgrüner Ford Taunus, das habe ich Ihren Kollegen immer wieder gesagt."

Anna Keiser verfiel nach diesem kurzen Aufbäumen in ihre alte Haltung zurück.

„Der Junge hatte laut seinem Vater seine besten Kleidungsstücke an. Wissen Sie, wann Jens diese das letzte Mal vor diesem Tag getragen hat?"

Anna Keiser blickte auf.

„Das Datum weiß ich nicht, es war aber an einem Sonntag, da wollten Jens und sein Vater zu der Oma. Und mein Junge sollte doch dann schick aussehen."

Habbo wurde sich immer unsicherer, ob er den Mordtag konkret ansprechen durfte. Nach dem Verhör mit Lemke hat er den behandelnden Arzt von Anna Keiser angerufen, und dieser hat ihm die Erlaubnis gegeben, ein oder zwei genaue Fragen zu stellen. Er habe eine fabelhafte Schwester als Begleitung mit geschickt, und diese wird ihm schon sagen, bis hierhin und nicht weiter.

„Frau Keiser, wenn Sie es nicht waren, der Jens umgebracht hat, wer war es nach Ihrer Meinung dann?"

Anna Keiser blickte langsam und bedächtig jede Person in dem kleinen Raum an, als ob sie studieren wolle, wie viel diese Menschen verstehen würden.

„Dieser Mann dort an dem Auto, der hat Jens getötet. Doch er tat es sicher für Geld, schmutziges Geld. Bezahlt haben ihn sicher Lars und seine Freundin, die sich nicht mit einem Kind herumärgern wollten, und die Nachbarn, die vielleicht gedacht haben, dass er zu laut werden würde. Wissen Sie, Kinder sind ja mal laut, wenn sie spielen. Und sicher auch mitgemacht haben die Eltern der anderen Schüler, die es nicht leiden konnten, dass ich so eine gute Mutter bin. Alle haben mir meinen Sohn nicht gegönnt. Aber es kommt der Tag, da passt irgendjemand nicht auf, dann bringe ich mich um und dann bin ich wieder mit Jens vereint."

Habbo war der Verband um das rechte Handgelenk zwar aufgefallen, aber dass es um Anna Keiser so stand, hatte auch der Arzt nicht erwähnt. Nach einem kurzen Blickkontakt mit der Kollegin sagte der Hauptkommissar:

„Frau Keiser, wir danken Ihnen für die Hilfe und Ihr Kommen. Glauben Sie mir, wir sind jetzt ein gutes Stück weiter. Wir müssen Sie in den nächsten Tagen vielleicht noch einmal bitten, diese Reise auf sich zu nehmen, dieses werden wir dann aber nicht mehr so kurzfristig ansetzen wie diesen Termin. Schwester, bitte!"

Nachdem die Schwester Frau Keiser hinausgeführt hatte, sagte er:

„Viel war es nicht, was wir gefragt haben und Frau Keiser gesagt hat. Und das, was sie gesagt hat, entlastet sie auch nicht gerade und macht es uns nicht leichter. Aber wenn die Theorie meines Vorgesetzten stimmt, dass alle drei Morde einen Zusammenhang haben, dann sehe ich das bei den Fällen Keiser und Lemke in Bezug auf die Automarke Ford, und dass Lemke und Inken in der Baubranche tätig sind. Das ist so, als wenn,"

Habbo musste jetzt schon lächeln, „als wenn mir jemand sagt, die Fälle gehören zusammen, die Opfer haben alle Kartoffeln gegessen."

Auch die Beamtin musste lachen, was gut tat, denn auch sie hatte eine beklemmende Sympathie für Frau Keiser empfunden.

„Wir wollen aber nichts unversucht lassen. Frau Petersen, bitte lassen Sie den Täterwagen im Falle Lemke nach Spuren am Wagenboden untersuchen. Es ist zwar ein Granada, aber eben ein dunkles Fahrzeug. Vielleicht finden Sie ja Spuren, die zu dem Fall Keiser passen. Außerdem sollen die Kollegen von der Streife den Taxifahrer ausfindig machen, der Herrn Lemke an dem Abend fuhr. Sie sollen ihm das Bild von Herrn Lemke zeigen. Sie sollen ihn auch fragen, ob er ihn mit Namen angesprochen hat."

Mit diesen Worten verließ er das Büro und ging auf den Hof, um mal tief Luft zu holen.

Er teilte die Vermutung von Frau Petersen, aber etwas passte nicht zusammen, er sollte sich wohl oder übel die Akten noch mal Wort für Wort durchlesen.

Nach 10 Minuten kehrte er in das Büro zurück, wo Frau Petersen am Telefonieren war. Er nahm sich die Akte Fortex noch mal vor, denn dies Mal wollte er besser vorbereitet sein.

„Die KTU sagt, das Fahrzeug ist bereits an einen Verwerter gegeben worden, und der hat es heute Morgen bereits an einen Bastler verkauft. Der Taxifahrer hat heute Abend Dienst, und wir sollten unsere Vernehmungen doch bitte selbst durchführen."

„Dann haben wir ja schon etwas erfahren, nämlich dass unsere Ermittlung von unseren Kollegen mit Argusaugen überwacht wird. Aber verstehen kann ich es auch. Wenden wir uns jetzt dem Herrn Fortex zu und dann versuchen wir, das Auto zu finden."

Kurz nach 11 Uhr brachte ein Beamter Hans Fortex zur Vernehmung. Nachdem sich der Hauptkommissar und die Kollegin vorgestellt hatten, kam Claasen zur Sache:

„Herr Fortex, Sie erwähnten bei den Verhören immer ein Taxi, ist Ihnen an dem Fahrzeug irgendetwas aufgefallen, irgendeine Besonderheit?"

„Der Wagen war dreckig, denn sonst hätte ich mir die Hose ja nicht versaut. Ich fahre selten Taxi, für mich sieht eines aus wie das andere. Ist wie mit den Chinesen, die kann auch keiner auseinander halten."

Dieser Mann da vor ihm war Habbo Claasen schon nach diesen wenigen Worten unsympathisch. Äußerlich wie aus dem Ei gepellt, einen sauberen Anzug, sicher nicht von der Stange, schwarzes gepflegtes Haar und ein leichtes Lächeln auf den Lippen, dass jede Mutter ihr Kind gerne mit diesem Siegertypen verheiraten würde. Aber die Augen verrieten ihn. Kalt und abschätzend blickten Sie den Hauptkommissar an.

Wenn ich es nicht besser wüsste, würde ich nicht unbedingt auf den Gedanken kommen, dass dieser Mann geradewegs aus dem Gefängnis kommt und nach dem Gespräch auch dort wieder landet, dachte Habbo bei sich:

„Ist es richtig, dass Sie Ihre Tochter in ein Internat gegeben haben, weil Ihnen das Geschrei des Kindes die Ruhe raubte?"

„Herr Hauptkommissar, ich bin nicht hier, um mich von Ihnen beleidigen zu lassen. Es ging und geht ja wohl noch immer um den Mord an meiner Frau, den Sie einfach nicht klären können und wollen. Ich bin ein Mensch mit klaren Zielen und in diese Ziele passten meine Frau und meine Tochter nicht rein. Was meine Frau an mir gefunden hat, dass sie es so lange bei mir aushielt, weiß ich nicht. Für meine Tochter zahle ich mehr als genug im Monat, aber mehr, als das ich einmal im Monat die Zahlungsanweisung unterschreibe, habe ich mit meiner Tochter nicht zu tun. An Wochenenden ist das Kind immer bei der Tante, so dass ich das Kind seit drei Jahren nur zu Weihnachten sehe. Elina hat dem Kind den Eindruck vermittelt, ich sei so beschäftigt, ich kann mich leider nicht kümmern."

Hans Fortex schaute dem Hauptkommissar direkt in die Augen:

„Und jetzt lassen Sie meine Familie bitte aus dem Spiel. Wenn meine Frau jetzt hier wäre, würde Sie Ihnen die Leviten lesen und Ihnen sagen, regen Sie meinen Mann nicht so auf!"

Er holte tief Luft und begann dann etwas leiser:

„Erst jetzt in der Haft merke ich, was für ein Goldstück ich da in den Händen hatte. Wenn ich das geahnt und besser genutzt hätte, ich würde Wilson und Sohn schon lange leiten. Aber dieser Zug ist ja abgefahren, der Alte hat den Sohn ans Ruder gelassen und dieser hat die Firma fester im Griff als gedacht. Sie sehen, ich habe zwei Faktoren falsch eingeschätzt, aber das wird mir nicht noch mal passieren."

„Herr Fortex, Ihren beruflichen Werdegang in allen Ehren, aber Sie befinden sich zur Zeit in Haft wegen Mordes, beunruhigt Sie das nicht?"

Er schaute die Beamtin an.

„Von meiner Abfindung habe ich eine Detektei beauftragt, den Taxifahrer zu finden, und sobald der gefunden ist, fällt die ganze Anklage. Ist doch so oder?"

Claasen wollte einfach nur noch an die Luft, er fragte sich, ob man diesen Menschen nicht wieder einschließen und den Schlüssel wegwerfen sollte.

„Als Sie in der Firma ankamen, haben Sie da nicht Ihren Wagen stehen sehen und sich gefragt, wie er dahin kommt?"

„Ich hätte ihn sehen können und ich hätte genauso gut aus Richtung des Wagens kommen können, aber ich bin mit dem verdammten Taxi gefahren! Und nur, weil der Fahrer sich in die Hose macht, die Schwarzfahrt einzugestehen, sitze ich im Knast!"

„Warum haben sie nicht den Käfer Ihrer Frau benutzt, um zur Arbeit zu kommen?"

Hans Fortex lief rot an:

„Ich wusste doch nicht, dass meine Frau tot im Wohnzimmer liegt, also woher sollte ich wissen, dass ihr Wagen in ihrer eigenen Garage steht! Wir haben keine Doppelgarage, denn wenn ich mal Freunden meinen Wagen zeigen wollte, durfte ihr Auto ja nicht zu sehen sein. Bentley und Käfer, das hätte ein Gelächter gegeben."

Habbo Claasen hatte die Schnauze voll von diesem Widerling:

„Wir werden Ihnen in den nächsten Tagen einen Zeichner schicken, dem erzählen und schildern Sie jede Kleinigkeit von dem Fahrer und was Ihnen aufgefallen ist. Wenn meine Kollegin keine Fragen mehr an Sie hat, wird Sie der Beamte wieder zurück bringen."

„Ich werde meinen Anwalt anrufen, für diese paar Fragen musste ich die Autofahrt auf mich nehmen und dann soll ich auch noch mal alles einem anderen Typen erzählen? Ich tue es, weil ich ja nichts anderes zu tun habe, sage aber gleich, dass es sich bei der Berufung gut macht, wenn solche Sachen erst nach der Verurteilung veranlasst werden."

Hans Fortex schaute den Hauptkommissar an:

„Ihre Kollegen werden sich freuen, nennt man das nicht unterlassene Ermittlungstätigkeit?"

Nachdem Fortex aus dem Raum war, sagte Claasen:

„Da wir doch wohl länger als ich gedacht habe, zusammen-arbeiten, ich bin der Habbo."

„Und ich bin die Claudia und werde jetzt den Wagen holen, denn ich muß hier raus."

„Gute Idee, lassen Sie uns zum der Autowerkstatt fahren, Claudia, vielleicht bekommen wir den Wagen ja noch wieder."

Kapitel 11

Nachdem klar war, dass den Wagen ein Abschleppunternehmen aus Jever geholt hat, einigten sie sich, dass sie über Langewerth und Sillenstede fuhren, denn Habbo wollte soviel wie möglich von seiner Heimat sehen.

„Habbo, Sie lassen sich immer von mir kutschieren, haben Sie keinen Führerschein?"

Der Hauptkommissar musste lachen.

„Ist das nicht wieder typisch, nichts gegen Sie, Claudia, aber es ist doch so, dass man es heute gewohnt ist, dass der Mann fährt. Ist es anders, dann hat er entweder getrunken oder hat keinen Führerschein. Ich habe einen Führerschein, aber ich versuche so wenig wie möglich selbst zu fahren. Früher hat mich die Autobahn gerufen, was ich durch Deutschland und Österreich gekurvt bin, ich habe mal gerechnet, geht gut an die 800.000 Kilometergrenze. Für einen Fernfahrer nicht viel, aber das bin ich nicht. Von diesen Kilometern waren vielleicht 100.000 Kilometer wichtig und die anderen nur aus Spaß an der Freud. Ich möchte diese auch nicht missen, sie waren und sind ein Teil meines Lebens, nur heute denke ich anders."

Sie kamen durch Accum, das sich seit dem letzten Mal auch verändert hatte. Zum Vorteil, wie Habbo fand. Dort in der alten Schule hatte er mal eine Wohnung, was waren das noch für wilde Zeiten.

„Claudia, Sie haben die Akten doch besser studiert als ich, wie ist Ihre Meinung über diese Fälle?"

Der Beamtin fiel auf, dass er ihr zwar den Vornamen angeboten hatte, er aber immer noch beim „Sie" blieb. Zuerst dachte sie an einen Versprecher, also beschloss sie, ebenfalls beim „Sie" zu bleiben.

„Jeder Fall scheint lückenlos und doch scheint irgendwo die Ermittlung nicht ganz ausgereizt zu sein. Nehmen wir den Fall Anna Keiser, der Wagen wurde gesucht, aber in den Akten stand immer dunkler Ford, der Umstand, dass es womöglich ein Ford Taunus war, wurde nicht erwähnt."

„Das Taxi im Fall Fortex, man hat es in den Zeitungen gesucht, alle Taxizentralen befragt, aber ob die Nachbarn zu
diesem Taxi ausführlich befragt wurden, sagen die Berichte
nicht aus. Auch finde ich es komisch, vielleicht Zufall, aber in
zwei Fällen spielt ein dunkler Ford und ebenfalls in zwei
Fällen ein nicht auffindbares Taxi eine Rolle."
Habbo musste zugeben, er hatte sich die gleichen
Gedanken gemacht.
„Alle Fälle haben entfernt mit der Baubranche zu tun, aber
warum dann der Mord an dem Kind? Wenn man davon
ausgeht, dass jemand versucht, Konkurrenten auszu-
schalten und dort immer nach dem gleichen Muster verfuhr,
hätte es doch die Freundin erwischen müssen. Wir müssen
versuchen, einen Faden zu knüpfen, der alle drei Fälle
verbindet."
Inzwischen waren sie in Jever angekommen. Die Beamtin
stellte den Dienstwagen auf dem Parkplatz des Super-
marktes ab und sie liefen in Richtung Mühle. Ein herrliches
Bild, im Hintergrund der blaue Himmel, davor die Mühle, die
ihre weißgrünen Flügel in die Luft streckt. Habbo ärgerte
sich ein wenig, dass er seine Digitalkamera nicht dabei
hatte, denn er fotografierte solche Momente gerne. Sie
bogen auf den Hof des Abschleppunternehmens und
Karosseriebauers ein. Bis auf die Fahrzeuge, die im Hof
standen und natürlich ständig wechselten, hatte sich hier in
den letzten Jahren wohl nichts geändert. Es gab immer noch
den roten Transit mit weißer Aufschrift. Einer der Monteure,
der gerade aus der linken Halle kam, musterte sie neugierig.
„Kann ich was für sie tun?"
„Hauptkommissar Habbo Claasen und das ist meine
Kollegin Petersen. Wir haben ein paar Fragen bezüglich des
Granadas, den sie gestern von der KTU abgeholt haben."
„Ich habe es gleich geahnt, Hein sag ich, Hein, das ist der
Fahrer, also Hein sag ich, die Bullen sind doch sonst nicht
so schnell, da ist was faul!"
„Was meinen Sie mit schnell?"

„Nun wir hatten das Glück, den Wagen auch schon in Jever abzuholen und zur KTU nach Wilhelmshaven bringen zu dürfen. Wenn wir dann sehen, das ist ein Wagen für uns, den können wir wieder aufpäppeln, dann sagen wir das, und Ihre Kollegen rufen uns an, wenn der Wagen nicht mehr gebraucht wird und der Besitzer kein Interesse mehr hat. Wir zahlen dann aber auch einen fairen Preis. Doch gestern riefen die Kollegen an und fragten, ob wir den Wagen nicht noch an dem gleichen Tag abholen könnten. Man stelle sich vor, bereits nach sechs Tagen wieder abholen! Nun, wir holten ihn und zahlten 800 Euro."

Er griff in die Tasche und holte einen verschmierten Zettel raus:

„Hier ist die Quittung. Alles korrekt!"

Er grinste.

„Und heute morgen kam ein Bastler, wollte den Wagen unbedingt haben, war aber ein Fuchs!"

Das Grinsen wurde noch breiter:

„Hat gehandelt, hat ihn schließlich für 1500 Euro bekommen. Das war schon ein Geschäftsmann. Was mich ein wenig gewundert hat, dass er gleich einen Anhänger mit hatte, aber bei dem Preis stellt man keine Fragen."

„Haben Sie seine Adresse?"

„Ne, das Nummernschild war von Norden und er hat auch den Empfang bestätigt, aber was soll ich mit dem Namen. Die Meier dahinten im Büro kann ihnen gerne eine Kopie machen, kann aber alles heißen, die Unterschrift!"

„Können sie die Person beschreiben?"

Der Werkstattmeister schaute Frau Petersen von oben bis unten in Ruhe an:

„So hübsch wie Sie war er nicht, Mitte 40, so der Arbeiter und Malochertyp, beim Schieben des Wagens bewies er Kraft und Geschick, jemand, der mit dem Verladen von Sachen Ahnung hat. Auf jeden Fall sympathisch, ich hatte den Eindruck, dass er den Wagen auch für mehr Geld gekauft hätte, aber ihm auch jeder Euro weh tat. Hein sagte, der Kunde hätte schon mal was gekauft, er könne sich nur nicht daran erinnern, was."

„Können wir Hein dann mal sprechen?"

„Herr Kommissar, der ist mit dem Lastzug nach Rotterdam, Gebrauchtfahrzeuge für die dritte Welt liefern oder, wie wir sagen, Schrott für Afrika. Aber ob Sie es glauben oder nicht, die Fahrzeuge halten da meist noch mal 10 bis 20 Jahre. Denn sie werden von uns überholt, bevor wir sie ausliefern. Man hat ja so was wie Stolz und Anstand im Leibe oder? Ich kenne etliche Händler, die noch gute Teile ausbauen. Nicht bei uns. Gewinn ist trotzdem dabei. Also Hein, der ist übermorgen wieder da."

Claudia Petersen nahm eine Visitenkarte aus ihrer Jacke und schrieb ihre Handynummer auf die Rückseite.

„Er soll mich anrufen, wenn er wieder da ist!"

„Wird ihm ein Vergnügen sein."

Auf dem Rückweg zum Dienstwagen fragte Habbo:

„Haben Sie Lust, mit mir noch eine Tasse Kaffee im „Godewind" zu trinken?"

„Ja gern!"

Sie gingen am Parkplatz vorbei, ließen rechts den nachgebildeten alten Hafen mit dem Schiff für die Kinder liegen und betraten nach gut 150 Metern das Szenecafe der Jeveraner Schüler.

Habbo bestellte Tee für sich und Kaffee für die Kollegin.

„Wieso kommen in diesen so klaren Fällen immer mehr Fragen als Antworten? Eigentlich haben wir doch nur Fragen gefunden. Telefonieren Sie doch mal mit der KTU, wer den Auftrag zur Abholung gab!"

Während Frau Petersen telefonierte, schaute er sich die Menschen an und wünschte, er hätte „Nein" zu diesem Fall gesagt, sich auf eine ostfriesische Insel abgesetzt und die Ruhe genossen.

„Die Kollegen haben sich auch ein wenig gewundert, da aber alle Untersuchungen abgeschlossen waren, hat man nicht weiter nachgefragt und den Wagen mitgegeben. Von den fünf Kollegen, die irgendwie mit dem Fall Lemke vertraut sind, hat auf jeden Fall keiner angerufen. Merkwürdig oder?"

„Claudia, wir werden morgen noch mal ganz von vorne anfangen. Wir werden versuchen, von allen Beteiligten lückenlos einen Lebenslauf zu bekommen, um gegebenenfalls Schnittpunkte zu entdecken! Wenn wir dort nichts finden, sehen wir weiter, vielleicht bringen die Zeichner ja auch etwas."

„Der Kollege Brahms aus der KTU gab mir noch einen Tipp. Wenn wir Zeit hätten, den Mitarbeiter der Werkstatt noch mal fragen, ob er sich an die Marke des Hängers und des Zugwagens erinnern kann, dann kann man die Suche vielleicht eingrenzen, also es muss nicht unbedingt soviel Fahrzeuganhänger mit Kennzeichen NOR geben."

„Gut, wenn Sie gleich zum Auto gehen, machen Sie das, der Meister freut sich sicher, Sie wieder zu sehen. Ich gehe zu Fuß nach Hause und werde mich heute früh schlafen legen. Wir treffen uns dann morgen um 8 Uhr an der alten Stelle. Und nun ist Feierabend, ich will nichts mehr davon hören." Er winkte der Bedienung und bestellte ein Alster.

„Wollen Sie auch?"

„Nein danke, ich werde mich auf den Weg machen und zu Hause noch bügeln. Was ist mit Ihren Koffern im Auto? Soll ich die noch weiter mit herumfahren oder soll ich Sie zu Ihnen nach Hause bringen?"

„Lassen Sie sie noch im Wagen, ich nehme sie morgen mit raus."

Sie verabschiedeten sich, und während er Claudia Petersen hinterher sah, fiel ihm zu ersten Male so richtig der Jeansanzug auf, den sie heute trug. Habe ich es doch gewusst, sie hat alles da, wo es nach seiner Meinung hingehörte. Er lächelte bei dem Gedanken. Er geriet leicht ins Träumen über eine Zukunft mit jemanden, die so gut aussah wie seine Kollegin. Aber seine Art und sein Beruf machten ihn zum Einzelgänger. Aber es lag hauptsächlich an seiner Art, denn er suchte die wahre Liebe und hatte vor einem erneuten Versuch Angst. Ach was, Schluss mit den Gefühlen, mahnte er sich! Er trank sein Alster aus und zahlte. Auf dem Weg nach Hause kaufte er noch in der Markthalle ein paar Stück Kuchen, setzte sich an der Prinzengraft auf eine Bank und schaute den Enten beim Schwimmen zu.

Kapitel 12

Claudia Petersen sah auf die Uhr. Gleich ist wieder Feierabend. Seit fünf Tagen saßen sie hier im Keller und telefonierten und recherierten. Sie immer von 8 bis 17 Uhr, aber Habbo Claasen war laut den Kollegen schon immer kurz nach sechs Uhr da und ging meist erst gegen zwanzig Uhr.

„Wollen Sie nicht auch mal pünktlich Feierabend machen. Ich denke, Sie haben eigentlich Urlaub?"

„Keine Angst, Claudia, ab morgen wird es wieder besser. Aber ich habe gelernt, dass bei einer Ermittlung alle Fragen beantworten werden sollten, die man hat. Wir haben einen Haufen Fragen, aber immer noch keine Antworten. Wir kennen die beruflichen Werdegänge, wissen, wo der eine oder andere sich mal getroffen haben kann, aber einen Grund für drei Morde sehe ich nicht. Vielleicht, weil wir da etwas suchen, was es nicht gibt, aber das ist so ein Gefühl. Ab morgen werden wir vor Ort ermitteln. Tanken Sie auf dem Nachhauseweg also noch voll, denn morgen haben wir einiges vor."

Habbo Claasen suchte auf seinem von Akten und losen Gesprächsnotizen überhäuften Schreibtisch herum und brachte nach kurzer Zeit einen Terminplaner hervor.

„Als erstes befragen wir morgen den Fahrer des Abschlepp-unternehmens noch mal. Das kann ich machen, denn ich bin ja in Jever. Dann befragen wir die Nachbarn des Herrn Fortex nach dem Taxi und versuchen dann anhand der Zulassungsliste den Autoanhänger zu finden."

„Also, Klinken putzen, wie man so schön sagt. Wie viel Hänger des Typs gibt es?"

Habbo lächelte, was die Beamtin wiederum gut fand, denn lächeln hatte sie ihn in der ganzen Zeit der Zusammenarbeit hier im Büro noch nicht wirklich sehen.

„108 Hänger, die noch auf das Kennzeichen NOR zuge-lassen sind und für uns in Frage kommen, also hält sich das Klinkenputzen im Rahmen. Eine Stecknadel im Heuhaufen ist schwerer zu finden."

„Dann haben Sie nichts dagegen, wenn ich jetzt wieder Feierabend mache? Der Keller, wissen Sie ja, der schlägt mir auf das Gemüt. Ja, wenn wir ein Zimmer mit Blick nach draußen gehabt hätten, aber hier bleibt mir die Luft weg."

„Ich verstehe Sie, gefallen tut es mir hier auch nicht! Treffen wir uns doch morgen auf dem Weg nach Esens auf dem einen Parkplatz nach Wittmund, zwischen Hattersum und Blersum? Das heißt, wenn es den noch gibt! Ich muss meinen Dienstwagen ja auch mitnehmen, denn bei der Suche nach dem Hänger sind eindeutig zwei Dienstwagen besser. Sagen wir so gegen 9 Uhr 30!"

„Den Parkplatz kenne ich, aber 9 Uhr 30? Ist das nicht spät, da treffen wir doch keine Nachbarn mehr an!"

„Aber die wir antreffen, das sind die, die Zeit haben und jeden Tratsch kennen, gerade auf dem Dorf!"

Nach einigem Hin und her verließ die Beamtin das Büro und der Hauptkommissar war wieder mit sich und den Gedanken alleine. Was hatten sie in den letzten fünf Tagen herausgefunden? Inken, Fortex und Lemke waren in weitestem Sinne in der Baubranche. Anna Keiser und Jan Lemke waren in Jever zur Schule gegangen, die Kinder von Fortex und Inken sind im Wittmunder Kreiskrankenhaus geboren, wo Frau Lemke bereits eine Fehlgeburt hatte. Alles war aber zu anderen Zeiten gewesen, so dass eine Verbindung durch das Krankenhaus eher unwahrscheinlich war. Schule und Beruf? Auch dort gab es keine ersichtlichen Zusammenhänge, die einem zum Mörder machen würden. Irgendeine Kleinigkeit hat er übersehen, aber welche? Vielleicht versuchten Claudia und er auch wirklich einfach nur etwas zu konstruieren und die Kollegen hatten einfach perfekt ermittelt. Die Tatsache, dass mit dem Wagen nicht alles so gelaufen ist, sagt noch nicht aus, dass drei Mörder unschuldig im Knast sitzen. Aber das Gefühl, einen großen Denkfehler zu machen, ging einfach nicht aus seinem Kopf heraus.

Kapitel 13

Nächsten Morgen bog er von der B210 links auf die Wittmunder Umgehungsstrasse ab, die zu den Küstenorten und zu den verschiedenen Fähranlegern der sieben Inseln führte. Nach dreimaligem Kreisverkehr bog er Richtung Esens ab. Schon von weitem sah er den weißen Polo auf dem Parkplatz stehen und ließ den grauen Golf, den er nun selber als Dienstwagen fuhr, neben Claudia Petersen ausrollen. Er musste sich zusammennehmen, um ihr nicht ein Kompliment zu machen, aber sie sah in ihrer schwarzen Hose und der roten Bluse einfach super aus.

„Morgen Habbo! Und, konnten Sie noch etwas in Erfahrung bringen!"

„Morgen erst mal! Ja, der Fahrer erinnerte sich, dass der gleiche Typ vor knapp einem dreiviertel Jahr schon mal einen Mercedes gekauft hat. Die Farbe war hellgrün, und der Typ hatte damals einen Firmenoverall an, welche Firma, wusste er aber nicht mehr."

„Das ist nicht viel. Wie gehen wir nun vor?"

„Wir werden erst mal die Nachbarn von Hans Fortex besuchen. Mal sehen, was es bringt."

Beide stiegen in Ihre Wagen, und Habbo fuhr hinter seiner Kollegin her, die sich hier auf jeden Fall besser auskannte, und so konnte er sich auch ein wenig umschauen. Aber wie er es schon immer geliebt hatte, Ostfriesland lag zu beiden Seiten der Strassen in seinem ruhigen Schlaf. Gewiss, es waren Windkraftanlagen wie Pilze aus dem Boden geschossen, aber an einem so schönen Tage wie heute bildeten sie doch einen herrlichen Kontrast mit ihrem weißen Anstrich gegen den blauen Himmel. Sicher, die Touristen sahen es vielleicht anders, aber die meisten kamen wegen der Luft, und die ändert sich ja nicht. Allerdings fand auch er, dass langsam aber sicher Schluss sein sollte mit Aufstellung weiterer Anlagen. Physik und Chemie war nie seine Stärke, aber aus einer früheren verdeckten Ermittlung wusste er, dass man mit den schon damaligen Techniken mehr aus den Anlagen gewinnen könnte.

Aber das verkauft sich ja auch später noch, alles eine Frage des Gewinnemachens. Aber so oder so, es ist eine saubere Energie. Stedesdorf hatte sich allerdings gemausert, viel konnte er ja nicht erkennen von der Hauptstrasse, aber dass dort jede Menge neuer Häuser entstanden sind, wunderte ihn nun doch. Er nahm sich vor, mal einen Abstecher dorthin zu machen, denn früher waren sie dort als Kinder öfter zu Besuch. Wie hieß der Onkel auch noch? Er kam nicht drauf. Er konnte sich kaum noch erinnern, ob er gern oder unfreiwillig dort gewesen war.

In Esens bog die Kollegin vor ihm nicht ins Dorf ab, sondern fuhr auf der Umgehungstrasse weiter geradeaus in Richtung Dornum. Nach etwa 2 Kilometern kurz vor Fulkum bog sie nach links in eine geteerte, schmale Seitenstrasse und stoppte nach 3 Minuten langsamer Fahrt rechts vor einer weißen Kalksteinmauer mit einem schmiedeeisernen Tor. Dies musste das Haus von Hans Fortex sein. Habbo stieg aus, schloss den Wagen ab und holte erst mal tief Luft. Er konnte nur noch an eins denken. Er würde sich auf jeden Fall nachher noch an die nahe Küste begeben und das Auge in die Ferne schweifen lassen. Fernglas und auch seine Kamera lagen hinten im Wagen. Er schreckte schon wieder zusammen, Claudia war an ihn herangetreten und hatte irgendetwas gesagt, das er aber nicht verstanden hatte. Er roch aber ihr Parfüm und würde am liebsten darin versinken.

„Wie bitte, Entschuldigung, ich habe geträumt."

„Ich sagte, wollen wir getrennt marschieren oder wollen wir gemeinsam auftreten."

„Nachher bei der Suche nach dem Fahrzeuganhänger trennen wir uns, aber jetzt schauen wir mal, ob wir etwas gemeinsam schaffen können."

Habbo sah, dass auf der anderen Straßenseite etwa 100 Meter aus der Richtung, aus der sie kamen, eine Frau mit einem Gartengerät in der Hand stand und sie schon seit ihrem Eintreffen beobachtete. Er gab seiner Kollegin einen Wink und schon waren sie unterwegs.

„In Stuttgart und Umgebung wäre die Frau jetzt ins Haus gegangen oder hätte zumindest mit der Arbeit weiter gemacht, aber hier!"

„Ja Habbo, hier freut man sich über alles, was sich zu Tratsch verarbeiten lässt."

Inzwischen waren sie an der Hecke des Grundstückes angekommen. Die Frau sah sie nur an, sagte aber keinen Ton.

„Moin Moin, mein Name ist Hauptkommissar Habbo Claasen und das ist Kollegin Petersen."

„Moin, aus der Gegend sind sie aber nicht!"

„Ich bin geboren in Jever und meine Kollegin kommt aus Wittmund, wir haben ein paar Fragen zu dem Fall Fortex."

„Da waren in den letzten Tagen schon mal richtige Detektive da, stellen sie sich das mal vor. Haben alle Nachbarn befragt, haben auch mit einer Belohnung gewunken! Haben Sie das auch, eine Belohnung meine ich?"

„Eine Belohnung dürfen wir nicht vergeben. Gab es denn jemanden, der sich etwas verdienen konnte."

„Nein, die haben ständig nach einem Taxi gefragt, aber ein Taxi hat nur der alte Horst gesehen, und der ist vor vier Wochen verstorben. Damals hat er zu seiner Irma gesagt, wer da wohl mit dem Taxi fährt?"

„Also war hier ein Taxi?"

„Ja, die alte Emma Janssen vom anderen Ende der Strasse ist zum Arzt gefahren wegen Bestrahlung und so. Aber das haben Ihre Kollegen doch damals alles ermittelt!"

„Und sonst ist Ihnen oder den Nachbarn nichts aufgefallen?"

„Ne, nur dass seit dem der ganze Trubel hier gewesen ist, auch der Spanner mit seinem bunten Wagen nicht mehr wiederkommt."

Habbo wurde hellhörig:

„Spanner? Können sie dazu was sagen?"

„Da fragen Sie am besten man Johann in dem nächsten Haus die Strasse weiter rauf. Der hat sich mit ihm unter- halten. Ich muß jetzt auch wieder was tun. Moin!"

Sie drehte sich um und ging mit ihrer Harke ins Haus. Die beiden Beamten setzten sich in Richtung des besagten Hauses in Bewegung.

Claudia Petersen lachte:

„Ich weiß, was sie jetzt macht. Sie wird an das Telefon gehen und allen erst mal sagen, dass sich zwei ermittelte Beamte mit ihr unterhalten haben und auf dem Weg zu Johann sind. Alles andere wird sie offen lassen, und so ist der stillen Post wieder Nahrung gegeben."

Schon an der äußeren Grundstücksgrenze wurden Habbo und Claudia von einem riesigen Schäferhund ins Auge gefasst. Habbo war froh über die Taxushecke, wusste aber auch, das die kein wirkliches Hindernis für das riesige Tier sein würde. Am Tor angekommen, stellten sie fest, dass es keine Klingel gab.

„Es war schön, mit Ihnen zu arbeiten, Claudia!"

Habbo ergriff das Tor und öffnete es. Der Schäferhund fasste ihn sehr genau ins Auge, blieb aber etwa mit 2 Meter Abstand vom Gartentor entfernt stehen.

Mit scheinbar sicheren Schritten ging der Hauptkommissar zur Haustür und drückte auf die Klingel.

„Komme sofort", hörte er als Antwort, drehte sich langsam um und wollte Frau Petersen ein Zeichen geben, ihm zu folgen. Doch die sah ihn gar nicht, sondern spielte mit dem Hund. Beide zerrten um die Wette an einem etwa einen Meter großen Stock. Seine Kollegin mit der Hand und der Hund mit den Zähnen. Die linke Hand versuchte den Hund zu kraulen oder zu kitzeln, so dass er den Stock vielleicht loslassen würde. Doch schließlich gewann der Hund, rannte mit dem Stock etwa 5 Meter, schaute kurz zu Habbo, dass ihm richtig mulmig wurde, und rannte dann wieder zu Claudia und legte den Stock vor ihren Füßen ab. Kurz darauf stritten sie sich erneut um den Stock.

„Moin Moin!"

Habbo ärgerte sich, schon wieder war er erschrocken, wie oft in den letzten Tagen, er fand zu oft. Er drehte sich um und sah einen etwa 1,90 großen Kraftprotz vor sich stehen. Er trug einen Seemannspullover, braune Stallhosen und Gummistiefel. Auf dem Kopf einen Elbsegler.

„Wenn Ihr zu mir wollt, dann kommt mit über die Strasse, da gibt es nämlich jetzt bei Brigitte den 11-Uhr-Tee."

Sagte es und stiefelte los. Da er keine Antwort zu erwarten schien, stiefelten die beiden Beamten einfach hinterher.

„Moin Moin, Brigitte, ich bringe noch zwei Gäste mit."

Sie betraten einen kleinen Flur und wurden dann in eine altdeutsche Wohnstube verfrachtet. Die Tür blieb auf und der Kraftprotz sagte:

„Nichts anfassen, sonst war es das letzte, was ihr mit der Hand angefasst habt."

Er verließ den Türrahmen und an dessen Stelle setzte sich der Hund. Er schien sich zu langweilen, er wirkte schlaff, aber die Augen nahmen jede Bewegung wahr. Zwei Minuten später kamen Johann und Brigitte herein und brachten alles für eine Teezeromine mit.

„Der Tee muß noch ziehen. Was wollt ihr uns denn verkaufen?"

Habbo stellte sie beide erst mal vor und kam dann auch gleich zur Sache:

„Es soll sich hier ein Spanner herumgetrieben haben?"

Johann griente: „Das hat Ihnen Greta erzählt. Spanner kann man nicht sagen. Morgens kurz nach halb acht kam er manchmal die Strasse herauf, drehte seinen Wagen auf meiner Einfahrt, stellte sich dann bis etwa 8 Uhr 10 an das Ende meines Grundstückes und fuhr dann wieder weg. Da sein Wagen Öl verlor, sagte ich ihm, er solle gefälligst ein Stück weiter unten spannen und nicht meinen Grund und Boden versauen. Hat er dann auch gemacht. Seit dem Elina allerdings tot ist, habe ich ihn nicht wieder gesehen."

„Was fuhr er für ein Auto?"

„Einen hellen Mercedes, wobei hell nicht stimmt, er war kunterbunt, allerdings alles helle Farben."

„Was war es für eine Person, wie würden Sie dessen Fahrer beschreiben?"

Johann trank in Ruhe seinen Tee und aß einen Keks, bevor er antwortete:

„Wissen Sie, Brigitte, Greta und die anderen Nachbarn, die mögen ja gerne erzählen und tratschen. Ich weiß nicht, was der Mann hier zu tun hatte, und es geht mich auch nichts an. Mein Eindruck von ihm war, er fühlte sich erwischt, vielleicht hat er blau gemacht oder er war arbeitslos und hat es zu Hause noch nicht erzählt. Ich hatte den Eindruck eines ordentlichen Malochers von ihm, so wie er da saß in seinem Overall."

Die beiden Beamten genossen den herrlichen Tee und Habbo konnte nicht von den selbstgebackenen Keksen lassen, stellten noch einige Fragen und wollten gerade gehen, als die Beamtin sich noch mal umdrehte und fragte: „Johann, halten Sie Hans Fortex eigentlich für den Mörder?"

„Ne, mien Deern, Hans ist immer auf seinem Grundstück geblieben und mit Auto gefahren. So wie er mit Elina umgegangen ist, hätte ich ihn gerne mal in die Finger bekommen. Aber er ist ein Mensch mit einem klaren Ziel! Dass er dabei auch ein Schwein ist, interessiert ihn nicht. Aber er hat seine Frau nie geschlagen, denn dann hätte Sie ihn sofort verlassen. Elina umbringen und ihr dabei auch in die Augen schauen? Das kann er nie nich! Aber Ihre Kollegen meinten, ich solle an meiner Menschenkenntnis noch ein wenig arbeiten."

„Denn danke für den Tee und die Informationen."

Sie gaben Brigitte und Johann die Hand und Claudia Petersen strich auch dem Schäferhund noch einmal übers Fell. Sie suchten noch weitere Nachbarn auf, doch das hätten sie sich sparen können. Alle sangen im Chor, die Frau ein Engel, der Mann ein Fiesling. Und vom Mercedesfahrer wurde nur als Spanner gesprochen. Ein Taxi hatte auch niemand gesehen. An den Dienstfahrzeugen wieder angekommen, teilten sich beide die Adressenliste der Hängerbesitzer und vereinbarten, sich gegen 20 Uhr in Norddeich im Hafenrestaurant zu treffen.

Kapitel 14

Ein lauter Schrei ließ ihn aus seinen Gedanken fahren.

Instinktiv trat er auf die Bremse seines Dreitonnenstaplers.

„Pass doch auf, du Idiot, du musst sehen, wohin du fährst."

In Gedanken war er mit seiner Ladung in die Gruppe Arbeitskollegen hinein gefahren, und durch sein starkes Bremsen hätte er beinahe noch die Fracht von der auf seinen Hubgabeln befindlichen Palette geschmissen. Orkan, der Grieche kam auf ihn zu und riss die Tür vom Führerhaus auf:

„Was ist los, Mann? Du bist seit gestern dreimal gegen irgendwelche Paletten gefahren, und gestern hast du beim Beladen der Lkws einen Fehler nach dem anderen gemacht!"

„Nichts, Orkan"

sagte er und schwang sich vom Sitz des Staplers.

„Wirklich, du bist ein netter Kerl, Orkan, aber ich fühle mich nur nicht ganz so in Form wie sonst."

Mehr automatisch ging er zu den anderen Kollegen und entschuldigte sich mit ein paar Floskeln, dann kontrollierte er die Ware auf der Palette.

Mit den Gedanken war er aber schon wieder bei dem Abend vierzehn Tage nach dem Unfall am Abend des Betriebsfestes. Eigentlich fing er ja ganz normal an. Er kam gegen neunzehn Uhr nach Hause und roch schon an der Tür zwischen Garage und Abstellraum den guten Geruch des Essens. Vom Abstellraum gelangte er in die Küche, wo er Linda am Herd stehen sah. Immer, wenn er sie sah, fragte er sich, welchen Preis er irgendwann zahlen müsste, dass er jetzt mit dieser Frau alles teilen kann, was ihm in seinem Leben gut und teuer ist. Linda war 15 Jahre jünger als er und brauchte sich neben einem Topmodel nicht zu verstecken. Statt eine tolle Karriere zu machen hatte sie ihn schon drei Monate nach ihrem ersten Treffen geheiratet. Sie versorgte den Haushalt und war eigentlich eine typische Ehefrau ohne große Ambitionen. Das einzige, wo er ihr niemals reinreden durfte, waren ihre 2 Tage in der Woche.

Dann war sie von 14 bis 18 Uhr immer im Krankenhaus und half dort den einsamen und älteren Kranken mit Vorlesen oder Besorgungen machen.

Er trat hinter sie und gab ihr einen leichten Kuss in den Nacken und wandte sich dann dem gedeckten Tisch zu, wo auch die Tagespost lag. Rechnungen, eine Karte seiner Schwester aus dem Urlaub, eigentlich nichts Besonderes. Nur ein Umschlag war anders, ohne Briefmarke, ohne Absender. Er öffnet ihn, Linda nannte ihn immer Umschlagmörder. Aber was soll's, die Umschläge benutzt ja eh keiner mehr. Es kam ein kleiner maschinengeschriebener Zettel zum Vorschein, auf dem stand:

Mörder! Mein Vater ist gestorben und hat mich und meine schwangere Mutter alleine gelassen! Mörder! Das wirst du büßen! Ich melde mich.

Er wurde kreidebleich! Aus dem Umschlag fiel noch ein Zeitungsartikel.

Unbekannter überfuhr 42 jährigen Vater, seine schwangere Frau mit Schock ins Kreiskrankenhaus geflogen

Mehr nicht. Wenn es nicht so traurig wäre, dann hätte er über diesen Zettel gelacht. Was waren Linda und er nicht damals froh gewesen, dass bei dem Unfall nichts passiert ist. Warum musste er auch so viel trinken? Aber es gehörte nun mal zur Tradition des Betriebsfestes, das man nach der Ansprache vom Chef mit jedem, den man kennt, anstößt. Und er als Staplerfahrer kannte ja wirklich eine Menge von den Betriebsangehörigen. Doch wie jedes Jahr so hatte er auch dieses wieder nach fünfmal Anstoßen den Kanal so voll, dass Linda ihn nach Haus bringen musste.

Nun hatte sie wie jedes Jahr wieder das Problem, dass Linda zwar fahren konnte, aber keine Fahrerlaubnis hatte. Doch was waren schon vier Kilometer Straße gegen 24 Uhr in diesem verträumten Städtchen hier Nahe der Küste.

„Träumst du schon wieder von deiner schönen Frau oder warum hörst du mir nicht zu?"

Er schreckte zusammen, als er die Stimme von Orkan so dicht neben sich hörte.

„Was?" antwortete er erst mal erschreckt:

„Was willst du von mir?"

„Ich nichts, aber du sollst deinen Stapler in die Box fahren und dann sofort nach Hause kommen!"

Er hatte es seitdem geahnt. Das Schicksal nimmt seinen Lauf. Er stellte den Stapler in der Parkbox ab, meldete sich mehr in Gedanken bei seinem Vorarbeiter ab und verließ mit seinem alten Volvo den Hof, wobei er noch beinahe die sich öffnende Werksschranke getroffen hätte. Mit viel zu hoher Geschwindigkeit machte er sich auf den Weg nach Hause.

Die Gedanken schweiften wieder zu jenem Abend zurück. Wie war das doch noch gleich. Er erinnerte sich ja nur noch schemenhaft an alles. Plötzlich trat Linda, die ja eigentlich aus Angst schon langsam gefahren ist, mit voller Wucht auf die Bremse. Anscheinend konnte sie dem Hindernis aber nicht mehr ausweichen, denn aus Richtung der Kühlerhaube gab es ein lautes knallendes Geräusch. Nach Stillstand des Wagens saß Linda bibbernd am Lenkrad und sagte nur:

„Ich habe jemanden überfahren! Ich habe jemanden überfahren!"

Nachdem er durch den Alkohol erst einmal gemerkt hat, was sie ihm da eigentlich mitteilte, wurde er vor Schreck wieder einigermaßen nüchtern, er stieg aus und wollte nach-schauen. Doch dann sah er zum Glück, wie sich ein Mann mühsam unter dem Volvo hervor quälte. Eine offenbar schwangere Frau kam auch gleich angelaufen und redete wie ein Wasserfall auf den Mann ein. Er schaute sich diese Szene ein paar Minuten an und die Abendluft half ihm, noch mehr zu Verstand zu kommen.

„Wie geht es Ihnen, ist irgend etwas passiert, etwas gebrochen oder verletzt?" mischte er sich nun in das Gespräch ein.

„Nein, keine Sorge, nur ein paar Abschürfungen!" antwortete der Mann.

„Ruf die Polizei und bestelle einen Krankenwagen, schließlich bekommen wir ein Baby, und du willst doch nicht durch so einen Unfall mit Spätfolgen die Arbeit verlieren und dann unser Kind verhungern lassen!"

Die junge Dame redete wie eine Hysterikerin.

„Nun beruhige dich erst, es ist wirklich nichts passiert, der Schreck war größer als alles andere!" sprach der junge Mann.

Und dann ging eigentlich alles ganz einfach. Man einigte sich auf eine einmalige Zahlung von 500 Euro und überließ ihm ein Geständnis, wie es zu dem Unfall kam.

„Sie müssen mir aber versprechen, dass Sie bei uns anrufen, wenn doch noch etwas sein sollte."

Er drängte Linda auf den Beifahrersitz und war froh, als der Wagen endlich zu Hause in der Garage stand. Gut, dass der Unfall ohne Polizei abgelaufen war. Das hätte ihm seinen Führerschein und somit auch seinen Job kosten können. Gleich am Montag überwiesen Sie das Geld, und zumindest er hatte die Geschichte nach ein paar Tagen verdrängt. War ja glimpflich abgelaufen.

Doch dann dieser Brief. Einen Monat später kam noch mal ein Brief und dann der Anruf. Das war vor zirka einem Jahr.

„Hallo Mörder! Hören Sie, besorgen Sie ein alten günstigen Ford oder Opel, er sollte dunkel sein und fahrtüchtig. Stellen sie ihn übermorgen gegen 19 Uhr auf dem Parkplatz des Flugplatzes von Norddeich ab. Die Rechnung, Schlüssel und Papiere legen Sie in den Kofferraum. Der Rechnungsbetrag wird auf Ihr Konto überwiesen! Geben Sie aber nicht mehr als 2000 Euro aus. Sollten Sie sich weigern, informieren wir die Polizei. Also, übermorgen auf dem Parkplatz des Flughafens um neunzehn Uhr"

Keine Erklärung, es wurde einfach aufgelegt.

Die ganze Nacht lag er wach, das kann nicht sein, er oder besser Linda hatte den Mann nicht überfahren. Aber was hatte er als Geständnis geschrieben. In seinem besoffenen Schädel hatte er einen vorgefertigten Zettel unterschrieben. Er könnte es also wagen, die Polizei zu informieren, aber die Fahrerlaubnis und damit der Job wären weg.

Damit lassen sich die Raten für das Haus nicht mehr bezahlen, und ob Linda dann noch bei ihm blieb?

Die andere Frage war, wieso stand in der Zeitung etwas von einem toten Unfallopfer? Bei ihnen lebte der Angefahrene doch noch. Verrückt, aber auf der anderen Seite, ein Auto kaufen, das ist doch nicht so schlimm. Sollte dann noch etwas kommen, dann würde er sich weigern.

Am nächsten Tag nach dem Abschiedskuss ging er wie gewohnt aus dem Haus, fuhr erst zu einer Telefonzelle und meldete sich krank, danach zu einem Bargeldautomaten. Bei einem Schrotthändler im Industriegebiet Wittmund fand er den passenden Wagen, einen alten Granada, der noch etwa ein Jahr Tüv hatte. Er schwitze, als er den Wagen auf den mitgebrachten Anhänger lud, den er sich bei einer Tankstelle geliehen hatte. Er hatte das Gefühl, jeder konnte ihm ansehen, dass er etwas Heimliches macht. Er hatte bisher immer nur die Familie und die Arbeit im Sinn, jetzt fühlte er sich wie ein Schwerverbrecher. Er fuhr mit dem Granada zum Flugplatz, und dort stellte er den Wagen am Rande des Parkplatzes ab.

Als er seine Frau begrüßte, merkte sie sofort, dass etwas nicht stimmte. Aber sagen konnte er ihr doch nicht, das beide nun angebliche Mörder waren, er ohne ihr Wissen das Konto um 600 Euro überzogen und damit ein Auto gekauft hatte, das jetzt vielleicht in ein Verbrechen verwickelt ist. Nein, so beruhigte er Linda mit gesundheitlichen Problemen und versprach ihr, zum Arzt zu gehen, wenn es morgen nicht besser ist.

Drei Wochen später ein erneuter Anruf. Nun sollte er einen Mercedes kaufen, es wurde dafür sogar 2000 Euro vorher auf sein Konto eingezahlt. Diesen sollte er in einer bestimmten Strasse in Hage abstellen und einen Schlüssel behalten.

Dann sollte er drei Monate lang an einer bestimmten Stelle in Fulkum bei Esens zu einer bestimmten Zeit stehen und nur auf ein Haus schauen. Dazu musste er den Mercedes nehmen, der inzwischen in verschiedenen Farbtönen lackiert und nun in Berlin zugelassen war, nutzen.

In der Firma gab er an, seiner Frau ginge es schlecht und er müsse Sie zum Arzt fahren. Aber die Kollegen, Freunde und vor allen Dingen seine Frau bekamen ja mit, das etwas nicht in Ordnung war, und so waren die verschiedenen Lügengebilde die Hölle. Aber er konnte und wollte Linda nicht mit in die Geschichte reinziehen. Eines Tages ließ man ihn wissen, dass er mit seinem Wagen am nächsten Tag nach Oldenburg fahren und dort im Realmarkt etwas essen solle, dann könne er zur Arbeit fahren. Er solle aber den Bon aufbewahren. Und bis vor ein paar Tagen war dann Funkstille, es kehrte bei Ihnen wieder Normalität ein. Das Konto war bereinigt und das ständige Forschen von Linda legte sich auch, wenn sie auch noch ihre Zweifel hatte. Dann vor ein paar Tagen die Anweisung, den Granada in Jever zu holen und verschwinden zu lassen. Er holte sich den Autoanhänger abermals bei der Tankstelle, die ihn ja kannte und ohne zu fragen die Rechnung auf die Firma ausstellte. So bekam er Prozente und er zahlte sofort, also würde die Buchhaltung auch keine dummen Fragen stellen. So war er ja damals auch vorgegangen, als er den Granada und den Benz besorgt hatte. Er holte den Wagen aus Jever und fuhr nach Norddeich zu den Inselgaragen, erzählte etwas von einem Geburtstagsgeschenk für einen jugendlichen Insulaner, der bald 18 werden würde und dann den Wagen für die Fahrt nach Sylt zur Grundausbildung bei der Marine brauchte. Er zahlte 3 Monate im Voraus die Garagengebühr.

Bei der Abholung in Jever erzählte man was von einer kriminaltechnischen Untersuchung, die sei an dem Wagen durchgeführt worden. Also doch ein Verbrechen. Mit dem Granada, den er gekauft hatte. Und jetzt der Anruf, sofort nach Hause zu kommen.

Hatte der junge Mann etwa doch die Polizei gerufen? Oder war etwas mit Linda? Er konnte sich nicht entscheiden, welche Überlegung schlimmer war. Mit diesem Gedanken hielt er vor seinem Haus und musste den Wagen auf der Strasse abstellen, da ein fremdes Auto auf der Einfahrt parkte. Er stürmte ins Haus.

Kapitel 15

Ingo Behrends fand seine Frau am Küchentisch weinend vor: „Linda, was hast du, was ist los? Warum hast du angerufen?"

„Herr Ingo Behrends nehme ich an?"

Ingo Behrends zuckte zusammen. Er hatte die Augen nur auf seine Frau gerichtet und die fremde Frau glatt übersehen.

„Wer sind Sie und was wollen Sie in meinem Haus. Haben Sie meine Frau zum Weinen gebracht? Wenn ja, dann möchte ich, dass Sie sofort gehen! Ich will nicht handgreiflich werden!"

Er ging zu seiner Frau und versuchte sie in den Arm zu nehmen, doch Linda schüttelte ihn ab. Er versuchte, die fremde Frau nicht anzusehen, denn irgendwie ahnte er, dass nun alles vorbei war. Nur seine Frau so zu sehen, machte ihn so wütend.

„Herr Behrends, ich bin Polizeibeamtin Claudia Petersen. Ich klingelte, Ihre Frau öffnete und ich stellte mich vor. Seit diesem Zeitpunkt war Ihre Frau nur noch damit beschäftigt, mir die Unschuld von Ihnen, Herr Behrends, zu beteuern. Fragen hatte ich und konnte ich bis jetzt gar nicht stellen. Ich brachte Ihre Frau gerade so weit, mir die Telefonnummer Ihrer Firma zu geben, und so habe ich Ihnen ausrichten lassen, bitte herzukommen. Da ich Ihre Frau nicht weiter kenne und sie nicht beruhigen kann, habe ich vor ein paar Minuten ebenfalls einen Notarzt alarmiert."

Wie um diese Worte zu unterstreichen, hörte man durch das offene Küchenfenster das Auf- und Abschwellen einer sich nähernden Sirene. Die Beamtin ging zur Haustür und erwartete den Notarzt.

Ingo Behrends hatte nur die Hälfte mitbekommen, sein Hirn war am Arbeiten, noch immer versuchte er, seine Frau zu beruhigen, doch diese sagte immer nur Sätze wie „Sag ihr doch, dass du unschuldig bist, sag ihr das. Und dann soll sie das Haus verlassen und es sollen auch keine anderen Fragen stellen."

Diese Sätze waren kaum zu verstehen, denn mal wisperte sie und mal schrie sie so laut und schnell, es war für Ingo Behrends schrecklich. Und obwohl er seine Frau so sah, waren seine Gedanken darauf aus, Ausreden zu finden, was antworte ich der Polizei, wie viel weiß die Beamtin und was hat Linda ihr erzählt?

„Hallo, könnten Sie bitte kurz aus dem Raum gehen!"

Erst jetzt nahm Behrends wahr, dass die Beamtin mit einem Notarzt und 2 Sanitätern zurückgekommen war. Er ging mit der Beamtin in den Flur. Sie sagte kein Wort. Das Schweigen war schön, aber belastend zugleich, denn seine Gedanken drehten sich im Kreis und wollten neue Infos.

„Was wollten Sie denn überhaupt von meiner Frau oder von uns?"

„Ich wollte fragen, aus welchen Gründen Sie sich dreimal einen Autoanhänger ausgeliehen haben. Uns gehen die Absprachen über den Preis nichts an, das habe ich auch bereits an der Tankstelle gesagt, es geht der Polizei auch nur darum, was oder welche Fahrzeuge Sie wohin transportiert haben?"

„Autos selbstverständlich, ich habe Bekannten ihre abgemeldeten Autos von A nach B transportiert."

Die Beamtin zog einen Stift und Block aus ihrer Jacke. „Nennen Sie mir bitte die Fahrzeugtypen und die Namen und Anschriften der Leute und schon bin ich weg, Herr Behrends."

In diesem Moment kam der Notarzt aus der Küche.

„Ihre Frau muß eine ganze Zeit unter Druck gestanden haben, dem sie jetzt bei dem Erscheinen der Beamtin nicht mehr ertragen konnte. Normalerweise reicht die Beruhigungsspritze, aber das Herz Ihrer Frau rast wie wild und auch die Krämpfe sind nicht weniger geworden. In einigen Minuten wird ein RTW hier sein, unser Fahrzeug ist nicht darauf eingerichtet. Bitte packen Sie ein paar Sachen zusammen. So wie ich das sehe, ist es nur eine Vorsichtsmassnahme und Ihre Frau ist morgen sicher schon wieder Zuhause."

15 Minuten später fuhr der Rettungswagen mit seiner Frau davon. Ingo Behrends hatte die Tasche gepackt und wollte mitfahren, doch das ließ die Beamtin nicht zu. Es gab einen kleinen Streit und er wollte sie aus dem Hause schmeißen, doch sie drohte damit, ihn in dem Fall vorläufig fest zu nehmen, und das würde dann länger dauern.

Jetzt saß er in seiner eigenen Küche und sah zu, wie eine fremde Frau in alle Schränke sah, um alles herbei zu schaffen, was für einen Tee notwendig ist.

„Gibt es hier ein Telefonbuch?"

Er deutete auf den Flur. Sie ging raus, und aus dem Gespräch, das sie danach führte, ging hervor, das sie in einem Restaurant anrief, um eine Verabredung zu ändern. Ingo Behrends war den Tränen nah. Er wurde vom Selbstmitleid fast aufgefressen. Nicht, dass er sich keine Sorgen um Linda machte, aber was erzählte sie der Polizei für einen Blödsinn. Er, der Monate lang seine Frau vor allem Übel beschützt hatte, wurde gerade durch seine Frau ans Messer geliefert. Die fremde Frau schenkte ihm und sich Tee ein und setzte sich ihm gegenüber. Sie blieb aber stumm und schaute ihn nur an.

Nach ein paar Minuten Schweigen hielt er es nicht mehr aus:

„Wieso stellten Sie mir vorhin diese Frage und was interessiert die Polizei so daran, dass ich nicht zu meiner kranken Frau darf?"

„Herr Behrends, ich mache Sie darauf aufmerksam, dass, als ich an der Tür klingelte, es um eine Routineüberprüfung ging. Durch das Verhalten Ihrer Frau und auch durch Sie ist es jetzt eine Zeugenvernehmung, das heißt, Sie sind zur Wahrheit verpflichtet. In ca. 30 Minuten wird ein Kollege eintreffen, erst dann beginnen wir mit der offiziellen Vernehmung. Sollten Sie also etwas loswerden wollen, so können Sie mir jetzt alles erzählen, ich kann es später nicht verwenden als eigentliche Aussage, muss dann allerdings auch ermitteln. Sollten Sie in eine Straftat verwickelt sein oder gar selber eine begangen haben, ist es nur zu raten, einen Anwalt einzuschalten."

Claudia Petersen hatte ganz ruhig und sachlich diese Worte gesprochen. Ingo Behrends sah die Polizistin mit großen Augen an und war innerlich erschrocken. Gewiss, die Sache mit dem Unfall war nicht korrekt abgelaufen und er hat sich erpressen lassen, aber die harten Worte Straftat und Anwalt ließen ihn aufhorchen.

„Wovon reden Sie? Was meinen Sie mit Straftat? Was kann ich mit einem Autoanhänger für eine Straftat begehen?"

„Um das zu klären, bin ich hier. Sagen Sie mir, was Sie die drei Mal mit dem Anhänger für wen gemacht haben, und schon können Sie, wenn ich mit der Antwort zufrieden bin, zu Ihrer Frau."

Claudia Petersen versuchte vertrauensvoll zu schauen, obwohl sie nicht unbedingt wollte, dass Behrends sofort auspackt. Als Streifenpolizistin hatte sie Erfahrung, mit Besoffenen zu reden, auch schon dem einen oder anderen Verhör beigewohnt, aber obwohl auf der einen Seite der Ehrgeiz war, es den eingebildeten Kollegen vom Revier zu zeigen, war sie nicht sicher, ob sie die Sache hier richtig im Griff hatte. Wenn Habbo doch nur kommen würde.

Ingo Behrends überlegte, ob, wenn er seinen Kumpel Erwin irgendwie erreichen könnte, der repariert öfters Autos. Aber ob er ihm mit der Lüge, er wäre für ihn gefahren, wohl aushilft?

„Ich, ich werde jetzt auspacken", fing Ingo leise an zu stottern: „dazu möchte ich aber vorher doch meinen Anwalt befragen."

„Rufen Sie ihn an, bitten Sie ihn dazu, wenn Sie möchten."

Ingo Behrends stand auf und ging in den Flur, wo das Telefon stand. Claudia hörte das Wählen des Telefons und auch eine Stimme reden, aber im gleichen Moment merkte sie auch, dass die Autoschlüssel, die Behrends beim Hereinstürmen des ersten Males auf den Tisch geschmissen hatte, fehlten. Sehen und Aufspringen war für die Beamtin eins. Im Flur sah sie, wie Behrends bereits die Haustür aufriss. Sie rief:

„Herr Behrends, bleiben Sie stehen, das bringt doch nichts!"

Kapitel 16

Habbo Claasen hatte dieses Klinkenputzen, das Befragen der Leute genossen, insgesamt hatte er drei Tankstellen und vier Privatleute aufgesucht, aber die eigentliche Sache war schnell vergessen. Er kam mit den Leuten leicht ins Gespräch und so auch zu vier Teeeinladungen, die er alle annahm. Es war schön, die plattdeutsche Sprache zu hören und die Gemütlichkeit zu spüren, die Ruhe, mit der es hier oben in Ostfriesland noch zuging.

Er hätte mehr Befragungen durchführen können und ein wenig plagte ihn auch das schlechte Gewissen, aber wirklich nur ein Wenig.

So war er auch eine Stunde früher in Norddeich im Hafenrestaurant gewesen, um die Fähren zu beobachten, die zu den Inseln Juist und Norderney aufbrachen. Bis dann der Anruf von Claudia Petersen kam, er möge doch zu Ingo Behrends kommen, er scheint was zu wissen, auf jeden Fall sei alles sehr verdächtig.

Schade eigentlich, denn er hatte gedacht, er könne sich von hier noch den Sonnenuntergang ansehen. Er holte seinen Wagen vom Parkplatz auf der anderen Seite der Mole nahe der Seenotrettungsstation und fuhr Richtung Norden, wo er noch mal kurz an einer Bäckerei hielt. Kurz nach dem Wahrzeichen von Norden, die beiden Windmühlen, bog er nach links Richtung Hage/Esens ab.

 In Tidofeld bog er entsprechend der Beschreibung, die ihm Claudia Petersen gegeben hatte, zweimal ab und fand das richtige Haus auf Anhieb, denn der weiße Polo seiner Kollegin stand auf der Einfahrt. Er schnappte sich den extra gekauften Kuchen und machte sich auf den Weg zur Haustür, als diese plötzlich aufgerissen wurde. Ein Mann stürmte hinaus und stieß beim Zuziehen der Tür gegen den Hauptkommissar.

„Bleiben Sie doch noch etwas, ich habe extra Kuchen mitgebracht!" sagte Habbo Claasen mit ruhiger, aber fester Stimme.

Der unbekannte Mann blieb mit offenem Mund stehen und vergaß das weiter zu rennen.

Die Beamtin, die jetzt ebenfalls aus der Tür trat, legte dem Mann die Schulter auf die Hand:

„Kommen Sie wieder rein, Herr Behrends, oder sollen wir Sie in Handschellen auf das Revier mitnehmen?"

Alle drei gingen in die Küche, Claudia Petersen schnitt den Butterkuchen, den Habbo mitgebracht hatte, in sechs Teile und legte jedem ein Stück auf den Teller. Habbo hatte sich vorgestellt und seine Kollegin hatte kurz beschrieben, was hier bisher geschehen war.

Danach saßen alle still in der Küche, denn Ingo Behrends hatte noch nicht ein Wort gesprochen. Nachdem der Hauptkommissar sein erstes Stück Butterkuchen und die zweite Tasse Tee genossen hatte, begann er leise, fast als ob er zu sich selber sprach:

„Drei Morde sind passiert und dort sind verschiedene Fahrzeuge drin verwickelt. Eines davon wurde auf jeden Fall mit einem Autoanhänger aus dem Bezirk Norden transportiert. Meine Kollegin und ich sind seit Tagen auf der Suche nach der Person, die dieses Fahrzeug abgeholt hat. Als sie mich nun anrief, sie hätte jemanden, möchte ihn aber nicht aufs Revier mitnehmen, da es wohl nur um einen Transport geht, habe ich gedacht, bringst du Kuchen mit."

„Aber, Herr Behrends, so wie Sie sich verhalten, muss ich annehmen, das Sie mehr wissen, vielleicht so gar selber gemordet haben! Die Kollegin hat Sie sicher über Ihre Rechte informiert."

Dabei schaute er seine Kollegin an, die nickte.

„Wenn Sie also einen Anwalt wollen, rufen sie ihn jetzt an, denn dies ist nun eine Vernehmung eines Tatverdächtigen, nicht mehr die eines Zeugen!"

Ingo Behrends straffte sich:

„Ich will aussagen, alles fing mit dem Unfall meiner Frau an, dann wurde ich erpresst und ich musste zwei Fahrzeuge besorgen. Und vor ein paar Tagen sollte ich den einen Wagen wieder abholen bei einem Verwerter und verschwinden lassen."

Auf die weiteren Fragen von Habbo antwortete er wahrheitsgemäß, und so bekamen die Beamten auch heraus, das Ingo Behrends die Person gewesen sein muss, die des Öfteren bei Hans Fortex mit dem Mercedes gestanden hat, also der gesuchte Spanner war.

Als Taxifahrer war er aber nicht unterwegs, das beteuerte er immer wieder. Auch den dunklen Ford Granada hatte er nur am Kauftag und bei der Abholung in Jever gesehen und bewegt, mit dem Unfall der Frau Lemke hatte er nichts zu tun.

Nach vier Stunden und nach vielen Fragen kamen die beiden Beamten zu dem Schluss, das Ingo Behrends die Wahrheit sagte. Der Hauptkommissar erhob sich und sagte: „Herr Behrends, eigentlich müsste ich Sie sofort festnehmen. Vielleicht ein Fehler, aber meine Kollegin wird Sie jetzt zu ihrer Frau ins Krankenhaus begleiten, wo Sie sich eine Stunde mit Ihrer Frau aussprechen können. Danach wird Sie meine Kollegin mit nach Wilhelmshaven nehmen, wo Sie diese Nacht verbringen werden. Morgen nehmen wir ein anständiges Protokoll auf, führen sie dem Haftrichter vor, wo wir aber ein gutes Wort für Sie einlegen werden, so dass Sie morgen wohl schon wieder bei Ihrer Frau sein werden. Alles in allem scheinen Sie eine unterlassene Hilfeleistung, Fahren mit Alkohohl am Steuer und Ihre Frau Fahren ohne Führerschein begangen zu haben. Was noch geklärt werden muss, ist, ob ein Unfall bekannt ist. Das Kaufen und Transportieren von Fahrzeugen ist ja erst mal nicht strafbar. Bitte packen Sie ein paar Sachen ein und rufen Sie Ihren Anwalt an, damit der morgen um 9 Uhr ebenfalls in Wilhelmshaven bei der Vernehmung anwesend ist."

Er nahm seine Kollegin beiseite und sagte leise:

„Bitte rufen Sie bei den Kollegen in Norden an, Sie möchten mit einem Sicherstellungsformular nach Norddeich zu den Inselgaragen kommen, ich fahre jetzt ebenfalls dorthin. Liefern Sie Herrn Behrends auf dem Wittmunder Revier ab, die Kollegen vom Streifendienst sollen ihn nach Wilhelmshaven überführen, und machen Sie dann Feierabend. Morgen sehen wir uns dann um 8 Uhr in unserem Kellerloch, wenn es Ihnen recht ist?"

Claudia Petersen lächelte:

„Nett, das Sie an meinen Feierabend denken, aber ich bringe Herrn Behrends selber nach Wilhelmshaven und schreibe schon mal grob meinen Bericht. Aber mit 8 Uhr geht klar!"

Nachdem Ingo Behrends für sich selbst und für seine Frau ein paar weitere Sachen gepackt hatte, gingen alle nach draußen.

„Eine herrliche Nacht, wolkenlos und sternenklar" resümierte Habbo und holte einmal tief Luft.

Nach einer kurzen Verabschiedung stiegen die Beamtin und Ingo Behrends in den weißen Polo und fuhren Richtung Norden davon. Eine kleine Weile folgte Habbo Ihnen noch, bog dann aber Richtung Norddeich ab. Er kam schnell voran, und als er auf die Nebenstrasse zu den Inselgaragen einbog, sah er schon das orange Blinken, das von den Wänden der umstehenden Gebäude reflektiert wurde und von einer rotierenden Leuchte eines Abschleppfahrzeuges stammte. Als er ausstieg, hielt hinter ihm ein Streifenwagen des zuständigen Reviers. Ein Angestellter der Garagen kam auf die Beamten zu:

„Carstens mein Name, mein Kollege hat mich Zuhause angerufen, er meinte, sonst hätten Sie es getan!"

Habbo sah den etwa 29 Jahre jungen Mann an und sagte:

„Hauptkommissar Habbo Claasen, guten Abend, warum sollten wir Sie anrufen? Wir wollen ein Fahrzeug abholen, das hier vor ein paar Tagen abgestellt worden ist. Die Formulare"

Er wies auf die beiden uniformierten Beamten, von denen einer einen Satz Papiere in der Hand hielt:

„Haben die Kollegen mitgebracht. Ihr Kollege hätte uns also das Fahrzeug so geben können oder eventuell mit einem Anruf alles klären können. Also, warum bemühen Sie sich extra an Ihrem Feierabend hier her?"

„Weil das Fahrzeug nicht mehr da ist, es wurde von zwei Frauen abgeholt, sie hatten Nummernschilder, die ich Ihnen angeschraubt habe, und sie fuhren mit dem Granada weg. Ich könne die Garage ruhig weitervermieten."

„Mir kam es merkwürdig vor, denn ich sagte ihnen, sie bekämen noch Geld raus. Erst sah es so aus, als ob sie es auch nehmen würden, aber als ich anfing und wegen der Gutschrift nach Name und Adresse fragte, da wiegelten sie plötzlich ab und meinten, wäre nicht so wichtig."

„Ehe ich und mein Kollege richtig überlegen konnten, saßen sie schon im Granada und brausten davon."

Der Hauptkommissar war überrascht, nur Ingo Behrends konnte wissen, wo der Wagen ist? Hatte er etwas übersehen?

„Sie geben ein Fahrzeug ja nicht unbedingt einfach so heraus. Hatten die beide Damen irgendwelche Unterlagen, die sie dazu ermächtigten, das Fahrzeug zu holen?"

„Nein, nicht in Papierform, sie wussten aber, auf welchen Namen der Wagen abgestellt worden ist, und nach einem kurzen Anruf über Handy, das die jüngere Frau mit hatte, konnten sie mir auch die Quittungsnummer geben."

„Ausgewiesen haben sich die beiden Damen also nicht?"

„Nein, aber Sie hatten ja den Kraftfahrzeugschein, die Kennzeichen und die Quittungsnummer, das erschien mir mehr als genug."

Habbo Claasen zeigte auf die sichtbar angebrachten Kameras.

„Könnte man die Damen auf den Überwachungsfilmen sehen?"

„Leider nein!" erklärte Carstens

„Die Kameras in den Einzelboxen und hier vorne zeichnen nur 24 Stunden auf. Grund ist, dass wir beim Einparken dabei sind und während der Standzeit kein heimlicher Schaden entstehen kann. Die Bänder der anderen Parkplätze heben wir 6 Wochen auf."

„Sind Sie in den nächsten Tagen hier oder haben Sie frei?"
„Ich bin hier, warum?"

„Ich werde Ihnen morgen oder übermorgen einen Zeichner vorbeischicken, mit ihm zusammen können Sie dann versuchen, ein Phantombild von beiden Damen zu erstellen."

Habbo Claasen verabschiedete sich von den Angestellten und der Streifenwagenbesatzung, gab dem Abschleppwagenfahrer eine Bescheinigung für die Anfahrt und fuhr mit dem Dienstwagen auf die östliche Mole von Norddeich.

Die neue Schranke, die es dort gab, war geöffnet, so sparte er die Gebühren. Wie immer standen dort bereits einige Wohnmobile, dessen Bewohner zum Teil schon schliefen und einige auf Campingstühlen vor ihren Fahrzeugen spielend oder erzählend, auf jeden Fall trinkend saßen. Wie gerne würde er sich jetzt dazusetzen, die Seele baumeln lassen und an nichts denken. Er ging an den Wohnmobilen vorbei und setzte sich auf eine der Bänke mit Blick auf das Wattenmeer und auf die Lichter von Norderney und Juist. Nach etwa zwei Stunden fuhr er nach Jever, wo er sich noch zwei Alster machte und dann ins Bett ging. Es dauerte aber noch gut eine Stunde, bis ein unruhiger Schlaf seine Gedanken gegen vier Uhr morgens zum Stillstand brachten.

Kapitel 17

Gegenüber dem gestrigen Abend war der Morgen recht kühl. Das Jahr geht dem Ende zu, dachte Habbo, als er das Revier in der Ebertstrasse um 07 Uhr 30 betrat. Er war schon ein wenig früher gekommen, wollte versuchen, noch ein paar Fragen für sich zu klären, die ihm im Kopf herumirrten und vielleicht ließ sich dies durch blättern in den Akten machen. Er hatte nur zwei Stunden geschlafen und dennoch war er gut gelaunt, denn langsam begann ihn dieser Fall wirklich zu gefallen und zu interessieren.

Als er die Tür zu ihrem Verlies, auch Büro genannt, öffnete, kam ihm Duft vom frischen Tee entgegen.

„Oh, guten Morgen Habbo, habe Sie nicht so früh erwartet."
Die Beamtin stand rasch auf und wollte das Teestövchen und andere Utensilien von Habbos Schreibtisch entfernen.

„Moin, Moin, lassen Sie nur, Claudia, wenn Sie eine Tasse übrig haben, freue ich mich, wenn nicht, auch nicht schlimm. Lassen Sie sich nicht stören, denn ich bin ja auch zu früh."
Während die Beamtin eine zweite Tasse aus ihrem Einkaufs- oder Picknickkorb holte, sagte sie:

„Die Frau, die Lemke dem Zeichner beschrieben hat, kommt mir bekannt vor, ich kann aber nicht sagen, woher. Die Kollegen haben mit dem Taxifahrer noch mal gesprochen und ihm das Bild von Herrn Lemke gezeigt. Er hat damals schon gesagt, es war dunkel, die Zentrale hat ihm keinen Namen genannt, der Fahrgast selber hat zweimal nachgefragt, ob er das Taxi für Lemke sei. Vom Umriss konnte es Lemke gewesen sein, aber auch jeder andere. Aber etwas anderes haben die Kollegen herausgefunden. In der Mordnacht ist ein zweites Taxi um die gleiche Zeit in der Strasse bei Lemkes Haus gewesen. Es war ein Aushilfs-fahrer, er hat sich gemeldet mit dem Straßennamen und das er wieder frei ist. Dem Angestellten, der bei der Taxizentrale Dienst hatte, kam es lustig vor, da in der Gegend sonst kaum ein Taxi fährt und innerhalb von ein paar Minuten gleich zwei. Die Kollegen versuchen nun, den Fahrer zu finden."

Habbo sah seiner Kollegin zu, wie Sie Tee einschenkte und ihm unaufgefordert ein Marmeladenbrot reichte.

„Danke Claudia, was haben wir bis jetzt erreicht? Statt Enden zu Verknüpfen, bekommen wir immer mehr Fäden sprich Spuren in die Hand. Liegt es daran, dass wir nach etwas suchen, was es gar nicht gibt, dass wir die drei Mörder und die gelösten Fälle vor uns haben."

Er erzählte ihr die Sache mit dem verschwundenen Fahrzeug.

„Laut dem Angestellten, der die Kennzeichen angebracht hat, war es ein FRI – Kennzeichen. Aber das reicht nicht, um eine Fahndung heraus zu geben."

Er biß von seiner Schnitte ab und telefonierte mit der KTU und veranlasste, dass der Zeichner nach Norddeich fuhr. Dann vertiefte er sich in die Akten, bis die Uhr kurz vor Neun zeigte. Nach der Vernehmung von Ingo Behrends muss ich unbedingt die ersten Berichte schreiben, dachte Habbo, sonst sitze ich bald tagelang hier und schreibe.

Pünktlich um 9 Uhr brachte man Ingo Behrends und mit ihm kam ein etwa 25jähriger Mann herein, der sich als Anwalt Paul Miland vorstellte.

Ingo Behrends machte einen gefassten Eindruck. Ihm schien es besser zu gehen, was er auch bejahte, als Habbo ihn danach fragte.

„Keine Lügen mehr, meiner Frau konnte ich es gestern zwar nicht sagen, denn sie schlief die ganze Zeit über, aber ich habe ihr einen kurzen Brief geschrieben, so dass sie im Groben unterrichtet ist und ich werde ihr heute Nachmittag alles genau erzählen, sollte ich nach Hause oder wenigstens ins Krankenhaus dürfen!"

Die beiden Beamten nahmen nochmals eine Vernehmung von zwei Stunden vor, konnten aber keine Widersprüche zu der gestrigen Aussage entdecken, was Habbo insgeheim freute, denn er sah in Ingo Behrends mehr ein Opfer als einen Täter.

„Wer wusste, dass Sie den Wagen in den Inselgaragen abgestellt hatten?"

Behrends und der Anwalt schauten Habbo an:

„Mein Mandat sagte doch bereits, dass er den Wagen abgestellt habe und seitdem noch keinen Kontakt mit dem Erpresser wieder gehabt hat!"

„Haben Sie den Parkausweis noch, denn den benötigen Sie ja, um das Fahrzeug wieder auszulösen?"

Ingo Behrends wusste nicht, was diese Fragen sollten, sagte aber:

„In meiner Brieftasche, wo auch der Führerschein drin ist, und die liegt in der Tasche, die gestern von Ihren Kollegen in Sicherheitsverwahrung genommen wurde."

Claudia Petersen telefonierte kurz und ein paar Minuten später brachte ein Beamter die Brieftasche. Habbo nahm sie in Empfang und fragte in Richtung Ingo Behrends:

„Darf ich?"

„Aber ja, was soll ich noch damit?"

Habbo durchsuchte die Brieftasche und fand auf Anhieb den Parkschein.

„Die Brieftasche haben Sie sonst immer bei sich oder kann jemand anders an diese Brieftasche heran?"

„Also ich habe meist immer die gleiche Jacke an, das heißt, sie hängt auf der Arbeit entweder im Spind oder Zuhause an der Garderobe. Auf gut deutsch, nein, an die Brieftasche kann keiner außer ich heran."

„Was ist mit Ihrer Frau?"

Ingo Behrends, aber auch der Hauptkommissar sahen überrascht Claudia Petersen an.

„Meine Frau, was hat meine Frau denn damit zu tun, lassen Sie meine Frau aus dem Spiel!"

Bevor er sich richtig in seine plötzliche Wut hineinsteigerte, unterbrach ihn sein Anwalt:

„Was bezwecken Sie mit der Frage?"

„Bevor ich darauf antworte, möchte ich Ihnen ein Bild zeigen. Sagen Sie mir bitte, ob Sie die Person kennen."

Claudia Petersen suchte kurz auf ihrem Schreibtisch und hielt dann die Zeichnung hoch, die der Polizeizeichner nach den Angaben von Lemke erstellt hat.

Behrends wurde bleich, als er die Zeichnung sah, und stammelte:

„Kenne ich nicht, was wollen Sie von mir? Gestern waren Sie so nett und jetzt!"

„Herr Behrends!" mischte sich Habbo ein:

„Meine Kollegin und ich haben Sie hier nicht zu einer Teestunde eingeladen, sondern um die Wahrheit in zwei oder drei Mordfällen herauszufinden. Unserer Meinung nach sind Sie mehr ein Opfer als Täter, nur wenn Sie uns einiges verschweigen, dann können Sie auch leicht zum Hauptverdächtigen werden. Also bitte, schauen Sie sich das Bild noch mal genau an und sagen Sie, ob Sie jemanden darauf erkennen oder vermuten. Wenn Sie jemanden darauf erkennen sollten, so dürfen Sie es verschweigen, aber ein Schweigen oder gar Lügen ist nicht gerade als kooperativ anzusehen!"

Ingo Behrends war bei diesen Worten ganz nervös geworden und sah seinen Anwalt hilflos an.

„Kann ich mit meinem Mandanten unter vier Augen reden, bitte?"

Paul Miland war mit dieser Wende anscheinend gar nicht glücklich.

Die beiden Beamten gingen vor die Tür.

„Ich meinte heute Morgen schon, die Frau Behrends zu erkennen, aber gestern im Krankenhaus lag sie im Bett und Zuhause sie hatte dauernd die Hände vorm Gesicht."

Claudia Petersen klang ganz selbst anklagend.

„Machen Sie sich keinen Kopf, Claudia, Sie haben das Bild doch erst seit einer Stunde!"

„Ja, aber wenn ich bedenke, dass wir Behrends auf freien Fuß gesetzt hätten, und nun sieht die Sache doch ganz anders aus."

„Sie können wieder reinkommen" sagte in diesem Moment der Anwalt hinter ihrer beider Rücken.

Nachdem alle ihre alten Plätze wieder eingenommen hatten, sagte Paul Miland:

„Mein Mandant bestätigt Ihnen, dass dies auf der Zeichnung seine Frau sein kann. Es scheint, dieses Bild wurde vor drei bis vier Jahren gezeichnet, aber ansonsten sieht die Frau aus wie Linda Behrends!"

„Herr Behrends, kennen Sie die Namen Lemke, Keiser oder Fortex?"

„Lemke war oder ist mein Chef, eigentlich gehörte ja alles seiner Frau, die er ..."

Behrends verschluckte sich: „Die er überfahren hat."

„Herr Behrends, diese Zusammenhänge waren uns bis jetzt noch nicht klar. Meine Kollegin rief in der Firma Hans Siefken an, das heißt also, die Frau Lemke hieß früher Siefken?"

„Ja und der Name der Firma darf auch nicht geändert oder verkauft werden, das hat der Vater von ihr noch alles juristisch festgelegt."

„Wie verstehen Sie sich mit der Familie Lemke?"

„Er ist ein Mensch, der mit Personal und Familie scharf um- geht, aber auch mal lobend Worte hat. Frau Lemke war aber ein Biest. Wie oft ist der Lagermeister zu mir gekommen und hat mich angeschnauzt, ich solle arbeiten und nicht im Hof auf dem Stapler in der Sonne sitzen und mit den anderen Fahrern ein Schwätzchen halten. Die Alte hat es genau gesehen. Sie wollte mich schon mal feuern lassen, aber damals war noch der Knut Lagermeister, und der hat ihr die Leviten gelesen, der hatte den Mut noch. Herr Kommissar, mich eingeschlossen, wir haben doch alle kein Rückgrat mehr, jeder hat Angst um den eigen Job, so dass man mal lieber wegschaut, wenn es einem Kollegen an den Kragen geht. Aber der Knut würde auch heute noch auf die Chefs losgehen! Mündlich natürlich und seine eigene Meinung vertreten."

„Herr Behrends, bevor wir auf die Familie Lemke noch mal näher eingehen, was sagen Ihnen die Namen Keiser mit e und Fortex?"

„Sind mir so nicht bekannt."

Die beiden Beamten nahmen Ingo Behrends vernehmungstechnisch auseinander und waren gegen 13 Uhr 30 überzeugt, alles Wichtige und Unwichtige an Fakten im Protokoll vermerkt zu haben.

Gemeinsam gingen sie mit Ingo Behrends und seinem Anwalt zum Haftprüfungstermin bei Staatsanwalt Brenske, der beim Dienstellenleiter Volkers am Teetrinken war.

Habbo hatte sie schon telefonisch angemeldet, so dass der Prüfungstermin nur eine protokollarische Sache war.

„Meine Dame, meine Herren, auf Grund der dargelegten Fakten sehe ich nicht, warum Herr Behrends einen Fluchtversuch unternehmen sollte. Damit entscheide ich, dass der Herr Behrends ab morgen früh 08 Uhr wieder auf freien Fuß gesetzt wird, sollten bis dahin noch keine weiteren belastenden Beweise vorliegen. Allerdings mit der Auflage, sich täglich ab Morgen jeweils zwischen 17 und 20 Uhr auf dem Revier in Norden persönlich zu melden!"

Paul Miland sah den Staatsanwalt mit erstauntem Blick an.

„Wieso erst morgen früh, das ist ja reine Schikane."

„Herr Miland, ich kann auch gerne eine Haftbefreiung streichen. Also bitte. Der Grund liegt einfach darin, dass wir seine Aussagen von heute noch mal überprüfen möchten, und ich morgen nicht extra noch mal aus Oldenburg anreisen möchte. Herr Behrends, ich werde Sie jetzt von einem Beamten abholen lassen. Sie können gerne ein Zimmer bekommen, in dem sie sich noch mal mit Ihrem Anwalt beraten können, außerdem können Sie auch mit dem Krankenhaus telefonieren, im Zellentrakt ist ein Münztelefon, aber es wird sicher einen Platz hier im Hause geben, wo Sie in Ruhe und ohne auf Münzen zu achten telefonieren können. Ich bin selber noch etwa 1 Stunde im Hause, sollte Ihnen also noch etwas einfallen, das Sie mir sagen möchten, sagen Sie es in dieser Stunde, denn sollten sich weitere belastende Tatsachen herausstellen, kann ich die Haftbefreiung nicht mehr aufrecht erhalten."

Nachdem Behrends und Paul Miland das Büro verlassen haben, sagte Staatsanwalt Brenske:

„Solange dieser Behrends noch in Gewahrsam ist, versuchen Sie seine Frau zu vernehmen. Und prüfen Sie bitte, wie genau Lemke die Frau gesehen hat. Lassen Sie ihn noch mal ein Bild anfertigen, aber nehmen Sie einen anderen Zeichner. Denn so schön das Motiv bevorstehende Kündigung auch ist, die Beschreibung soll laut dem Ehemann ja eher vor drei bis vier Jahren zugetroffen haben."

„Vielleicht hat Lemke etwas übersehen oder irgend jemand belügt uns nach Strich und Faden. Ich wünsche einen klaren Bericht in drei Tagen!"

Nachdem alle noch ein wenig spekuliert hatten, gingen die beiden ermittelten Beamte in ihr Dienstzimmer im Keller. Den ganzen frühen Nachmittag verbrachten die Beamten damit, mehr über die Eheleute Behrends herauszufinden. Gegen 17 Uhr sagte Habbo:

„Claudia, wir fahren jetzt ins Krankenhaus zu Linda Behrends und dann lade ich Sie zum Essen ein. Erstens habe ich Hunger auf Fisch, zweitens Sehnsucht nach der See und drittens können wir beim Essen noch mal die Fakten durchgehen."

Damit die Fahrt nicht vergebens war, rief Habbo im Krankenhaus an und lies sich das telefonische Einverständnis vom behandelnden Arzt geben, dass man Frau Behrends vernehmen könne.

Kapitel 18

Habbo genoss die 60-minütige Fahrt nach Norden. Sie hatten den Dienstwagen von Claudia Petersen genommen, und sie merkte wohl, dass er keine Lust auf reden hatte. Sie fuhren über Wittmund, Esens, Hage, vorbei an Mühlen, der alten Kirche von Nesse, alles strahlte Ruhe und Gelassenheit aus, nach Habbos Meinung einfach nur schön. Sie meldeten sich am Empfang des Krankenhauses, so wie es mit dem Arzt besprochen war. Eine Schwester geleitet sie in ein kleines bis auf einen Tisch und acht Stühle kahles Zimmer. An der einen Wand hing eine Leuchtleiste zum Aufhängen von Röntgenbildern.

„Nicht gerade eine tolle Atmosphäre für ein Verhör!" meinte die Beamtin und setzte sich mit dem Rücken zum Fenster. In diesem Moment wurde Linda Behrends von einer Schwester ins Zimmer geleitet.

„Frau Behrends!" sagte sie, „wenn Ihnen nicht wohl ist oder Sie meinen, das Gespräch strenge Sie zu sehr an, dann rufen Sie nach mir oder meinen Kollegen. Sie sind hier in einem Krankenhaus und nicht in einem Polizeirevier!"

Bei den letzten Worten schaute die Schwester die beiden Polizisten bitterböse an und entschwand aus der Tür, die sie leise hinter sich schloss.

Habbo stellte seine Kollegin und sich noch einmal vor und klärte Linda Behrends noch mal über ihre Rechte auf. Claudia Petersen hatte inzwischen einen kleinen Recorder eingeschaltet, der alles aufnahm, was jetzt gesprochen wurde, sie hatte aber auch einen Schreibblock für Notizen vor sich liegen. Habbo fragte sich wirklich, wo sie den aufgetrieben hatte. Die Beamtin trug Zivil und hatte auch wie jede Frau eine Handtasche dabei, aber die sah so aus, als wenn sie mit dem Recorder schon überfordert war.

„Frau Behrends, kennen sie die Namen Lemke, Keiser mit e oder Fortex?"

Linda Behrends schaute ihn aus klaren, hellen Augen an. Er musste zugeben, sie war der Typ Frau, auf den die meisten Männer standen.

„Lemke ist der Name des Chefs meines Mannes und Fortex ist der des Mannes, weswegen ich Wilson und Sohn verlassen musste. Der Name Keiser sagt mir im Moment nichts, will aber nicht behaupten, dass ich einem Menschen mit diesem Namen nicht schon mal begegnet bin!"

Linda Behrends sprach mit einer klaren und festen Stimme, mit der Claudia Petersen nicht gerechnet hätte, nach all dem, was sie gestern miterlebt hatte.

Die beiden Beamten sahen sich an. Beiden war durch Studium des Lebenslaufes von Frau Behrends bekannt, das Linda Behrends bei Wilson und Sohn gearbeitet hat, aber dass es dort auch vielleicht ein Motiv geben sollte?

„Erzählen Sie uns bitte, inwiefern Herr Fortex mit Ihrer Entlassung zu tun hatte."

„Ganz einfach, ich hatte ein Verhältnis mit Hans Fortex und als es heraus kam, hat man mir gekündigt."

„Wie kam es denn heraus?"

„Der alte Wilson hat wohl etwas Tratsch mitbekommen und hat Hans beobachten lassen. Und der hat mich dann sofort fallen lassen. Damit musste ich rechnen, aber seine Frau, also die hat mit ihrer angeblichen Güte noch dafür sorgen wollen, dass ich in der Firma blieb. Also, Hans konnte ich verstehen, aber seine Frau, die Elina. Die wusste ja gar nicht, was ihr Mann alles hinter ihrem Rücken treibt."

Aus den letzten Worten sprach nicht nur Groll, da war schon ein richtiger Hass zu spüren.

Claudia Petersen schaute ihr direkt ins Gesicht:

„Beschreiben Sie mal Ihre Gefühle zu dem Zeitpunkt!"

„Was meinen Sie wohl, ich bin eine Frau mit Geist, Witz, Erfahrung und Schönheit, und da kommt so eine Dorftante ohne Format an und hält den Mann meiner Träume mit Güte und Verzeihen fest, einen Mann, der sie gar nicht liebt. Ich hasse sie zwar nicht, aber wünschte ihr genauso wenig Gutes wie der Hexe von Chefin meines Mannes. Beide hat es ja erwischt und ich bin nicht traurig darüber, aber den Tod hatten sie eigentlich nicht verdient."

„Frau Behrends, haben Sie in den letzten Tagen einen Parkschein aus der Jacke Ihres Mannes gefunden?"

Linda Behrends starrte den Hauptkommissar wie eines der Weltwunder an. Nach einer Weile des allgemeinen Schweigens fragte Habbo noch mal:

„Können Sie mir zum Parkschein etwas sagen?"

„Ja und nein", fing Linda Behrends leise an zu sprechen. Man ahnte die Mundbewegungen mehr als dass man sie sah. Sie schaute jetzt auf den Tisch und schwieg. Die Beamtin schob den Recorder näher an die Befragte heran.

„Ich bekam einen Anruf, dass mein Mann wohl in Schwierig- keiten steckte, und wenn ich von dem Parkschein die Nummer sagen könnte, brauche ich keine Angst mehr haben. Ansonsten, man wisse von dem Unfall nach der Firmenfeier und mein Mann würde dann seinen Job und seine Freiheit verlieren. Ich habe erst überlegt, aber dabei in die Brieftasche meines Mannes geschaut, denn dort bewahrt er alle Zettel auf. Ingo befand sich zu der Zeit im Garten, so dass er meine Suche nicht bemerken konnte. Ich fand die Quittung und habe die Nummer durchgegeben."

Sie schaute von einem zum anderen.

„Ich war ganz schön aufgeregt, mein Mann hat sonst keine Geheimnisse vor mir. Ich wollte erst in den Garten und meinen Mann zur Rede stellen, aber dann ließ ich es. Mein Mann ist in der letzten Zeit immer komisch gewesen, aber dass er mich betrügt, das glaube ich nicht und die Sache mit dem Unfall wollte ich nicht wieder aufwärmen."

Der Hauptkommissar blickte Linda Behrends lange an. Er ahnte, dass es nicht die Wahrheit war, aber was verschweigt diese ach so tolle Ehefrau?

„Sie haben dem Anrufer einfach so geglaubt, der Parkschein hätte doch auch etwas Berufliches sein können? Oder Ihr Mann wollte Sie mit etwas überraschen."

„Er wusste das mit dem Unfall. Ich und mein Mann gehen damit nicht hausieren und ein dämlicher Parkschein ist kein Grund, meinem Mann das Leben zu zerstören. Ich liebe meinen Mann, viele verstehen das nicht, die schöne und der Staplerfahrer. Ich weiß nicht, was es mit dem Parkschein auf sich hat, aber mein Mann wird es mir schon sagen, wenn er es für richtig hält. Vielleicht ist auch er erpresst worden und wollte mich heraushalten."

„Ich wollte meinen Mann fragen, ob wir nicht zur Polizei gehen, wenn ich hier wieder raus bin und das mit dem Unfall noch nachträglich melden. Was kann passieren, mein Mann wird sicher nicht entlassen für drei bis sechs Monate ohne Führerschein. Aber die Erpressung muss ein Ende haben!"

„Haben sie mit Ihrem Mann heute schon gesprochen oder seinen Brief gelesen?"

„Ja, er rief aus dem Zellentrakt an, wo er sich mit Ihrer Hilfe ja jetzt befindet. Ich habe das mit dem Parkschein aber noch nicht erwähnt."

„Frau Behrends, in Ihrem Lebenslauf steht, dass Sie mal an einer Schulung für Stuntmen teilgenommen haben, was im einzelnen haben Sie denn dort gemacht?"

„Frau Kommissarin, ich!"

„Ich bin Polizeibeamtin, keine Kommissarin", sagte Claudia Petersen, um Missverständnisse gleich auszuräumen.

„Also, ich weiß nicht was das soll, aber ich habe gelernt, wie man durch Feuer geht, von Dächern springt und mit einem Auto umgeht und jemanden richtig dosiert anfährt. Auch die üblichen Prügelszenen habe ich dort erlernt. Aber das ist schon lange her. Ich weiß, das klingt für Sie alles spannend und auch mein Mann hat es am Telefon erwähnt, dass Sie uns verdächtigen, etwas mit dem Unfall an Frau Lemke zu tun zu haben. Vom Gefühl her weiß ich, dass mein Mann da irgendwie drinsteckt, aber ich oder er haben mit der eigentlichen Sache nichts zu tun. Ingo könnte keinem Menschen etwas antun, in dieser Hinsicht ist er ein Weichei!"

Habbo stellte sich hinter die Frau Behrends und hoffte, dass seine Kollegin mit dieser Verhörtaktik vertraut war.

„Wussten Sie, dass Ihr Mann zwei Autos gekauft hat, die aller Wahrscheinlichkeit nach zu zwei, wenn nicht sogar zu drei Verbrechen genutzt wurden?"

Die Befragte drehte sich um: „Wie können Sie so etwas behaupten!"

„Wusste Ihr Mann von dem Verhältnis zu Hans Fortex?"

Linda Behrends drehte sich wieder zu Claudia Petersen um: „Ich hoffe, das wird er nie erfahren, denn als wir uns kennen lernten, war ich noch mit Hans zusammen, die Heirat hatte ich nur angesetzt, um Hans zu zeigen, bekenne dich zu mir oder ich bin vergeben. Aber lernte ich Ingo richtig kennen. Ich liebe meinen Mann und würde ihn auch nie betrügen. Bei ihm finde ich alles, was ich brauche. Pomp und Gloria ist nicht alles im Leben."

„Was wissen Sie zum dem Mord an Elina Fortex?"

Habbo stellte diese Frage, so dass Linda Behrends sich erneut umdrehen musste.

„Hören Sie, ich sagte es schon, ich konnte die Frau nicht leiden, auch Frau Lemke konnte ich nicht leiden, aber ich bin oft genug im Krankenhaus und helfe dort todkranken Menschen und auch den Hinterbliebenen, um zu wissen, dass der Tod etwas endgültiges ist und den Menschen, die zurückbleiben, jede Menge Schmerz bereitet. Ich und mein Mann haben niemanden ermordet! In der ersten Zeit ich vielleicht in Gedanken, aber an Hans habe ich bis zu den Zeitungsartikeln gar nicht oder selten gedacht und der Name Lemke ist natürlich öfters mal gefallen, da es die Firma meines Mannes ist. Trauen Sie mir oder meinem Mann so etwas zu, ich als Racheengel und mein Mann aus seiner abgöttischen Liebe zu mir heraus ein willenloser Sklave?"

Obwohl die beiden Beamten Linda Behrends noch fast eine Stunde befragten, neue Erkenntnisse gab es nicht. Nachdem sie sich beim Klinikpersonal bedankt hatten, stiegen sie in den Dienstwagen und fuhren entlang der Küstenstraße Richtung Bensersiel.

„Ich weiß nicht, aber ich habe das Gefühl, uns wurde eben etwas verschwiegen. Mein Instinkt sagt mir, dass die Familie Behrends mehr Dreck am Stecken hat, als sie zugeben, aber wiederum die Mörder sind sie meiner Meinung nach nicht."

Habbo sah seine Kollegin an:

„Oder was meinen Sie?"

„Ich bin der Meinung, dass wir auf diese Fährte stoßen mussten, denn wenn der Wagen noch in der KTU gewesen wäre, die Spur hätte nicht zu den Behrends geführt. Irgendetwas passt mir an der Sache nicht."

Claudia Petersen schwieg sich darüber aus, was ihr nicht passte, und lenkte den Wagen nach einigen Minuten auf den Tagesparkplatz vor dem Restaurant am Anleger von Bensersiel, von wo aus Tausende von Urlaubern jedes Jahr Richtung Langeoog abfuhren.

Habbo erfasste wieder die Sehnsucht nach Insel und Ruhe, weitem einsamen Strand und Meeresrauschen.

Im Restaurant angekommen bestellte er einen Hafenteller und ein Alster. Seine Kollegin nahm ein Zigeunerschnitzel und eine Cola. Das Essen nahmen sie mehr oder weniger schweigend ein. Der Hauptkommissar fand einmal mehr, dass er eine Kollegin an seiner Seite hatte, die zu ihm passte. Ruhig, schnelle Auffassungsgabe und noch hübsch dazu. Aber was wusste er über sie sonst eigentlich. Egal, wenn dieser Fall gelöst ist, verliert man sich aus den Augen, also was soll man sich mit Privatem von Kollegen herumschlagen.

„Halte ich Sie eigentlich auf, Claudia. Ich meine, gibt es einen Freund, der wartet - oder Kinder?"

Jetzt ärgerte er sich, musste diese Frage sein, immer dieses freundliche Getue mit der Rücksicht auf andere. Was ist, wenn sie jetzt ja sagt, fühlst du dich dann besser? Sicher nicht!

„Kein Problem, ich bin ja selbst an dem Fall interessiert."

Jetzt ärgerte sich Habbo im Stillen noch mehr, kein nein, kein ja, eine nette und gute Antwort, aber die Deckung hat seine Kollegin nicht verlassen.

„Fangen wir also mit dem Mord an Elina Fortex an, der Mann hatte als kleines Motiv den Streit und den Hass, dass diese Frau seine Karriere verlangsamt hat, Linda Behrends hatte als Motiv Rache oder Eifersucht, wobei die eigentlich nach soviel Jahren abgekühlt sein sollte. Was haben wir als Beweise?"

Die junge Polizistin nippte an ihrer Cola und sagte:

„Das ominöse Taxi, das wir nicht finden können, die Bestätigung der Nachbarn, dass der Wagen von Hans Fortex zur Tatzeit mit erhöhter Geschwindigkeit durch die Straße gefahren ist und dass der Wagen pünktlich in der Firma war, obwohl er ja angeblich nicht ansprang."

„Die defekte Kamera in der Firma zeigt leider nicht, wer ausstieg. Und das Blut im Wagen und an der Hose von Hans Fortex ist eindeutig das von der ermordeten Ehefrau Elina. Und das einzige, was auf die Behrends als Spur hinweist, ist der Punkt Taxi, denn der gekaufte Benz hatte ja die Form eines Taxis, allerdings weder die Farbe noch die Ausstattung". ergänzte Habbo.

Claudia Petersen förderte aus den Tiefen ihrer Handtasche wieder den Schreibblock und einen Schreiber hervor. „Halten wir also fest, Taxiausrüster und Lackierereien abklappern wegen dem Benz."

Habbo Claasen musste lächeln:

„Wissen Sie, was das für Arbeit ist?"

„Oh, ich dachte mehr an ein Rundschreiben an alle Dienststellen bis hoch nach Oldenburg, das können die Kollegen während Ihrer Streife doch recherchieren. Ich bin mir auch sicher, dass wir hier in der Nähe auf eine Lackiererei stoßen, die auf den Namen Behrends ein Taxi, zu mindest aber einen Benz, bearbeitet und ausgerüstet hat, denn wenn nicht, dann müsste ich meine Theorie von der gelegten Spur vergessen."

Habbo gab ihr ja in einigen Punkten Recht, aber wenn es die gelegte Spur gab, welcher Regisseur von Morden hat denn noch eine zweite Fährte als alternative gelegt. Dies ist das richtige Leben, nicht ein Film. Was ist, wenn alles so ist, wie die Kollegen es ermittelt haben, dass Claudia und er nur einfach etwas finden wollen, wo es eigentlich nichts zu finden gibt. „Äh, ja ..."

„Habbo, hören Sie mir eigentlich zu?"

„Tut mir leid, ich war in Gedanken. Was sagten Sie?"

„Das Gleiche trifft für den Lemkemord zu. Der Ehemann hat Motiv und Zeit, und auch dort finden sich Spuren am Täterfahrzeug. Ingo Behrends hat auch diesen Wagen beschafft, soviel steht fest, er hat ein Motiv, wenn auch ein sehr geringes. Und was noch dazu kommt, ist die Tatsache, das Lemke die Frau, die er angeblich getroffen hat, als Linda Behrends identifiziert, allerdings scheint seine Beschreibung einige Jahre zuvor gemacht worden zu sein. Egal, ob diese Geschichte nun erfunden ist oder wahr, in beiden Fällen scheint es sich doch eher nicht um Linda Behrends zu handeln. Oder aber, Lemke will absichtlich die Spur auf Ingo Behrends und seine Frau richten und hat diese nur lange nicht gesehen und daher anders in Erinnerung, vielleicht von einem Betriebsfest vor Jahren oder so?"

Die Beamtin trank den Rest Cola aus und Habbo bestellte 2 Kännchen Ostfriesentee.

„Wer sind denn die beiden Frauen, die den Ford aus den Inselgaragen geholt haben, denn egal wer sie sind, Spuren werden damit ja nicht verwischt, denn der Wagen ist ja bereits erkennungsdienstlich behandelt. Ich glaube nicht, dass die Kollegen etwas übersehen haben. Und, wenn wir weiter mit den Behrends spekulieren, was haben die beiden mit dem Kindermord zu tun? Ich glaube, der oder die Täter haben erreicht, was sie wollten, dass wir uns verzetteln!"

Seine Kollegin hatte schon fast eine Seite des Blockes voll geschrieben und schien mit den Gedanken so wie er vorher weit weg zu sein. Er störte sie allerdings nicht und goss sich noch eine zweite Tasse Tee ein. Er liebte es, wenn der Kluntje beim Einschenken knisterte.

„Was haben Sie eigentlich alles notiert?" fragte er seine Kollegin, als sie von ihrer Gedankenreise zurück war.

„Punkt eins war das Taxi, Punkt zwei: Lackiererei, Punkt drei: Wer hat die Herausgabe des Fords angeordnet, dann habe ich noch Stichpunkte wie andere Motive, Verbindung Keiser Behrends, Mengenlehre und Berichte."

„Claudia, das meiste verstehe ich ja, aber was meinen sie mit Mengenlehre und den Berichten?"

Claudia Petersen musste grinsen:

„Mengenlehre ist für mich eine Abkürzung. Soll heißen, dass wir uns noch mal mit allen Personen beschäftigen sollten und eine Schnittmenge finden, die alle Personen betrifft. Vielleicht gehen wir einfach von falschen Voraussetzungen aus?"

Habbo Claasen war überrascht. Auch er hatte schon über die Möglichkeit nachgedacht, dass sie zu einer falschen Denkweise gezwungen wurden, aber um welche Ecken sollten sie dann denken.

„Wir nehmen uns morgen noch mal Fall für Fall vor, studieren die Akten und notieren uns jede erdenkliche Möglichkeit der Motive, die wir auf Anhieb sehen oder uns denken können. Alle Personen, die dann als Täter in Frage kommen könnten, durchleuchten wir so lange, bis wir die Schnittmenge haben. Und dann schauen wir mal weiter!"

Nachdem beide eine Zeit geschwiegen hatten, sagte die Polizistin plötzlich:

„Was ist, wenn die Toten richtig sind, aber die Bestrafung oder die Leiden jemand anderen treffen sollten? Lemke und Fortex, da bleibt fast keine Möglichkeit, außer bei Lemke vielleicht noch die Tochter, aber was ist mit Lars Inken oder der Freundin?"

„Claudia", sagte Habbo, der inzwischen bezahlt hatte.

„Tun Sie mir einen Gefallen, versuchen Sie jetzt mal abzuschalten und gestatten Sie mir, Sie zu einem kleinen Rundgang am Hafen einzuladen. In allen Ehren, versteht sich?"

Sie musste über den Hauptkommissar lächeln: Ich glaube, er hat zwar keine Angst vor den Frauen, aber Angst, falsch verstanden zu werden.

„Gerne, so ein bisschen Wind um die Nase tut uns beiden sicher gut."

Draußen wehte eine leichte Brise von See her, daran erkannte Habbo, das auflaufend Wasser war. Sie unterhielten sich über Küste, Deiche und die ostfriesischen Inseln, und beide waren so mit Fantasien und Geschichten erfüllt, dass der kleine Spaziergang fast drei Stunden dauerte.

Die Beamtin hatte sich bei Habbo Claasen untergehakt, sie merkte dabei auch, wie er im ersten Moment verkrampfte, und wollte erst wieder loslassen, aber es brachte ein wenig Schutz gegen den Wind, und daher blieb sie an ihm hängen. Ihm war gar nicht wohl dabei, nicht dass er es nicht mochte, aber es war ein zu gutes Gefühl und nicht zu wissen, wie sie es sah, ob es einfach ihre lockere Art war oder was auch immer, machte ihn ganz konfus. Es dauerte fast eine halbe Stunde, aber dann entkrampfte er sich doch.

Später im Auto schwiegen beide die meiste Zeit und Habbo war froh, in Jever aussteigen zu können, ohne das sie etwas sagte wie: Es war ein schöner Abend oder so. Er nahm sich noch ein Buch mit ins Bett, kam aber nicht zum Lesen, denn seine Gedanken kreisten noch immer um den Spaziergang.

Kapitel 19

Habbo Claasen hatte schlecht geschlafen, ihm fehlten die gemütlichen drei Tassen Tee, die er heute aus Zeitmangel noch nicht gehabt hatte. Er hatte einfach keine Lust zum Aufstehen gehabt. Die ganze Nacht hatte er halb wach, halb im Schlaf an vergangene Beziehungen denken müssen, aber auch Claudia Petersen und der Fall beschäftigten ihn. Aber in allen Dingen konnte er letzte Nacht nicht einen klaren Gedanken fassen und bis zum Ende weiterdenken. Er stand pünktlich und frisch aussehend vor dem Haus, und als er in den weißen Polo zu seiner Kollegin stieg, dachte er, es würde nicht auffallen, denn er hatte das Geschick, schlechte Laune am Morgen zu verbergen.

Deswegen überraschte es ihn umso mehr, als er mit einem „Moin moin, ein neuer Tag, ein neuer Fang!" Claudia Petersen begrüßte, als Antwort bekam:

„Moin Habbo, letzte Nacht wohl nicht gut geschlafen, ich mache gleich Frühstück, wenn wir im Büro sind!"

Herz aller Liebst, dachte Habbo, und noch mehr freute es ihn, dass sie ihn nicht mit Fragen oder eigenen Gedanken löcherte. Die Fahrt nach Wilhelmshaven und die Zeit bis zur eingeschenkten Tasse Tee verlief wieder mal fast stillschweigend ab.

„Mit welchem Fall fangen wir an?"

Er überlegte kurz und sagte dann:

„Ich bin der Meinung, die Beweise und Motive sind in den Fällen Lemke und Fortex so ausgeprägt, wir sollten uns noch mal den Fall Keiser vornehmen, und wenn wir da kein Haar in der Suppe finden, sprich eine Verbindung zu Behrends oder zu den anderen Personen, halten wir uns damit nicht mehr auf."

Das Telefon auf seinem Schreibtisch klingelte.

„Hallo Claasen, hier Arnolds! Und, schon etwas erreicht?"

„Moin, Herr Arnolds, wie man es nimmt, es scheint eine Verbindung zwischen mindestens zwei der Fälle zu geben, allerdings ist es schwer nachzuvollziehen, da die Kollegen hervorragend ermittelt haben und es nur durch einen Zufall eine Spur gab, der Frau Petersen und ich gefolgt sind."

Habbo erzählte die Sache mit dem Auto und mit Behrends.

„Können Sie dann nicht mit dem Staatsanwalt reden, dass es berechtigte Zweifel an der Schuld von Lemke gibt, so dass er wenigstens bis zur Verhandlung Haftverschonung erhält?"

Habbo war innerlich überrascht, wie weit sich sein sonst so harter Vorgesetzter für einen Freund, aber auch für einen Hauptverdächtigem in einem Mordfall aus dem Fenster lehnte.

„Wenn wir noch einen anderen entlastenden Beweis finden, dann gibt es sicher diese Möglichkeit, aber im Moment finde ich die Beweislast noch zu erdrückend, um solch einen Vorstoß beim Staatsanwalt zu wagen."

Nach einer kurzen Zeit des Schweigens meinte Arnolds: „Wenn Sie meinen, Sie sind der ermittelnde Beamte vor Ort. Aber arbeiten Sie bitte mit Hochdruck an diesem Fall. Grüßen Sie mir Volkers und Ihre Kollegin."

Damit war das Gespräch beendet.

Wenn er auch erst argwöhnisch war, das kannte Habbo von seinem Chef, das war seine Art. Seine Kollegin war ebenfalls am Telefonieren, und so machte er sich daran, den Fall Keiser noch mal gründlich durchzulesen und machte sich dort und da Notizen. Nach drei Stunden gingen beide Beamte auf den Hof, um ein wenig Luft zu schnappen.

„Was haben wir bis jetzt? Ob Anna Keiser betäubt wurde, ließ sich nicht mehr feststellen, der Körper hatte es schon abgebaut, und da sie im Krankenhaus nicht gründlich darauf untersucht wurde, man ging ja von einer Selbstmörderin aus, haben wir aus der entscheidenden Phase auch keine Blutprobe. Die Spurensicherung ergab, dass die Oberbekleidung am Fundort gewechselt wurde, Anna Keiser diese also entweder dabei oder vorher deponiert hatte. Nur zwei uns bekannte Personen wussten, wo die Tabletten lagen, Lars Inken und Anna Keiser."

„Drei Personen, vergessen Sie die Freundin nicht, die ja auch im Haus Bescheid wusste."

Habbo sah Claudia Petersen an:

„Was wissen wir eigentlich über die Freundin und Lars Inken. Hatten oder haben sie Feinde, wie standen sie zu dem Kind. Denn bei Familie Behrends waren wir ja auch erst blauäugig."

Beide studierten noch mal kurz die Unterlagen, bis Habbo sagte:

„So kommen wir nicht weiter. Harry, fahr den Wagen vor!"

Habbo war erschrocken über sich selbst, denn es war ein Scherz, aber verstand ihn seine Kollegin auch so.

Doch Claudia lachte und meinte:

„Soll es der Rolls oder eine Nummer kleiner sein?"

„Standesgemäß, bitte nur standesgemäß!"

„Na ja, dann hole ich den Polo", sagte die Beamtin und entschwand aus dem Büro.

Habbo machte sich noch einige Notizen und folgte dann seiner Kollegin. Sie hatten in Wilhelmshaven bei der Tankstelle gegenüber dem Marinearsenal noch getankt und fuhren nun über die Bundesstraße Richtung Aurich, um kurz davor dann in Richtung Tannenhausen abzubiegen. Habbo kannte sich auch ein wenig aus, und in Ostfriesland die Hauptdörfer wie Tannenhausen zu finden, das hätte er auch hinbekommen. Aber mit welcher Sicherheit Claudia das Haus von Lars Inken in der Nähe des Meerhausener Waldes fand, wunderte ihn schon. Das Haus war ein schneeweißes Gebäude mit einem schmiedeeisernen Tor als Abgrenzung. Das Haus sah nach Geld aus, doch der Garten machte einen schlecht gepflegten Eindruck.

Sie klingelten, aber keiner machte auf. Sie wollten schon wieder gehen, als ein Stück weiter ein Trecker auf die Straße bog und in ihre Richtung kam.

„Den fragen wir mal, ob hier noch jemand wohnt, denn es sieht ja verlassen aus."

Habbo stellte sich auf die Straße und winkte. Der Fahrer des Treckers schien erst nicht anhalten zu wollen, bremste dann aber doch im letzten Moment noch ab und kam neben den beiden Beamten zum Stehen. Er stellte die Maschine des Treckers ab und sah auf die beiden herab.

„Moin Moin", fing Habbo an. „Können Sie uns sagen, wo Lars Inken ist?"

„Nö!"

„Wir müssten ihn aber dringend mal sprechen, wohnt er denn noch hier?"

„Wat wullt du denn von him?"

„Ich bin Hauptkommissar Habbo Claasen und das ist meine Kollegin Claudia Petersen. Es geht noch mal um den Jungen."

Nun schien es interessant zu werden, denn der Treckerfahrer öffnete die Tür und stieg sogar vom Trecker ab.

„Hören Sie zu", sprach er plötzlich in einem akzeptablen Hochdeutsch.

„Die Mörderin habt Ihr, was wollt Ihr denn noch. Erst verliert er seine Frau, dann seinen Jungen, und das durch eine Frau, der er jahrelang vertraut hat. Dass ihn das umhaut, ist doch logisch. Dann lässt ihn auch noch seine Freundin im Stich, da bleibt ja nur der Alkohol. Lasst ihn in Frieden, der sitzt im Dorfkrug und leckt seine Wunden. Wie Emma sagt, das ist die Wirtin, geht es ihm schon besser. Ich weiß nicht, was Ihr von ihm wollt, doch wenn Ihr jetzt auf ihm rumtrampelt, dann kommt der nie wieder hoch!"

Ohne eine Antwort abzuwarten, stieg er wieder auf seinen Trecker, startete die Maschine, hob die Hand zum Gruß und gab Gas.

„Komischer Kauz, weißt du, wo der Dorfkrug ist?"

„Halben Kilometer von hier, dicht bei der Schule."

Habbo musste sich wieder wundern, denn Claudia Petersen gab die Antwort ohne nachzudenken. Er unterließ aber erst mal die Frage, woher ihre guten Ortskenntnisse stammten. Sie waren sich einig, dass es für Lars Inken vielleicht nicht gut war, wenn sie ihn noch mal befragten, aber den weiten Weg wollten Sie auch nicht umsonst gefahren sein.

Als die beiden Beamten den Dorfkrug betraten, richteten sich vier Augenpaare auf sie. Zwei gehörten anscheinend der Wirtin und der Köchin, während das dritte einem großem Neufundländer gehörte. Der Hund schien zwar müde und desinteressiert, aber Habbo sah sofort, dass dies kein Tier war, mit dem er Streit haben möchte. Claudia Petersen jedoch ging sofort auf den Hund zu, ließ ihn kurz an der Hand schnuppern und kraulte ihm dann den Nacken. Das vierte Augenpaar gehörte dem einzigen Gast, der am Tresen saß und ein Pils vor sich hatte.

Habbo war nicht empfindlich und achtete meist auf die Gesichter der Leute, wenn ihm der Mensch dann sympathisch war, konnte ihm egal sein, was derjenige gerade trug, und bei unsympathischen interessierte ihn die Kleidung erst recht nicht. Doch selbst Habbo fiel auf, dass dieses Hemd schon Wochen keine Wäsche mehr hinter sich hatte. Auch eine Rasur war seit Tagen wohl ausgeblieben.

„Moin moin," sagte Habbo und setzte sich neben den Gast. Seine Kollegin setzte sich an einen Tisch, wobei der Hund behäbig aufstand, um sich neben Claudia Petersen wieder fallen zu lassen.

„Ich hätte gerne ein Alster und ein Bauernfrühstück", bestellte sie in Richtung Wirtin.

„Ich nehme das selbe", sagte Habbo und wandte sich dem Gast zu, der inzwischen wieder stur sein Glas anschaute.

„Lars Inken nehme ich an! Mein Name ist Hauptkommissar Habbo Claasen und das ist meine Kollegin Petersen."

„Was wollen Sie von Lars?" fuhr die Wirtin ihn in einem Ton an, der mehr als feindselig war. Selbst der Hund spitze die Ohren, wie Habbo aus den Augenwinkeln sah.

„Wir haben einige Fragen, die neu aufgetaucht sind, und wollten Herrn Inken nicht zumuten, deswegen nach Wilhelmshaven zu kommen. Wir wissen, dass wir in Wunden graben, die noch nicht verheilt sind, aber es hat neue Erkenntnisse gegeben, so dass wir Fragen stellen müssen. Herr Inken kann aber jederzeit auf Beantwortung verzichten und auch seinen Anwalt zu Rate ziehen. Ich persönlich ziehe aber ein Gespräch hier vor."

„Und sie als Wirtin können ja vielleicht das ein oder andere Rätsel, das wir haben, auch lösen."

„Ihren Schleim können Sie sich sparen! Wenn mir oder Lars Ihre Fragen nicht passen, dann schmeiße ich Sie raus, so einfach ist das!"

Habbo musste trotz der Drohung lächeln, das war für ihn Ostfriesland, jeder lästert und schimpft über den anderen, aber wenn ein Butenländer kommt, und das ist jeder, der nicht aus dem jeweiligen Dorf ist, hält man zusammen. Heimat, wie ich dich liebe.

„Las man, Erna, vielleicht ist es ja gut, noch mal über alles zu reden, was wollen Sie denn wissen?"

Lars Inken schaute von seinem Glas auf.

„Warum ich einer Fremden mein Kind anvertraut habe, warum ich zur Messe fahre, warum ich nicht im Auto saß, als meine Frau verunglückte, wieso ich nicht bei meinem Freund war, als er ertrank? Kann ich Ihnen sagen, weil ich den Menschen Unglück bringe. Ich lasse sie entweder alleine oder bringe sie mit den falschen Menschen zusammen. Ich bin ein Mörder, ohne dass ich mich selbst beteilige. Nur Corinna konnte ich retten, denn die hat mich verlassen, ihr kann nun nichts mehr passieren."

Habbo nippte an seinem Alster, das ihm die Wirtin inzwischen gegeben hatte. Wie sollte er anfangen, denn jede Frage würde das Selbstmitleid von Lars Inken nur bekräftigen.

Die Wirtin kam ihm zu Hilfe.

„Du immer mit deiner Corinna und ihrer Errettung, die war auf dein Geld scharf, die hätte dich geheiratet und dann nach einiger Zeit wieder verlassen, das wissen doch alle im Dorf. Wenn sie dich geliebt hätte, dann wäre sie geblieben."

„Ach, was weißt denn du!" fauchte Lars Inken, „sie wäre bei mir geblieben, ich habe sie fortgeschickt!"

„Was hast du, sie hat doch immer gesagt, wenn Ihr hier gewesen seid, Lars, ich gehe erst, wenn die Mörderin verurteilt ist, solange will ich dich durch den Schmerz begleiten. Nie war bei ihr die Rede davon, dass es ein gemeinsamer Verlust war. Nein, manchmal hatte ich das Gefühl, sie kostete deinen Schmerz richtig aus."

„Ach sei still. Ihr alle konntet Corinna ja noch nie leiden, immer Anna, Anna, Anna!"

Lars Inkens Stimme wurde leiser:

„Eure liebe Anna hat mein Kind getötet!"

„Erna, wenn ich Erna sagen darf?" setzte Habbo ein.

„Anna Keiser erwähnte einen alten Mann, den sie täglich die letzten drei Tage sah, nur als die Kollegen nach ihm suchten, da hat sich niemand gemeldet. Wissen Sie; wer das gewesen sein könnte?"

„Das haben Ihre Kollegen damals auch gefragt, damals wussten wir es nicht besser, aber inzwischen hat sich heraus gestellt, das war der alte Jensen. Am besagten Tag ist er mit einem Schlaganfall ins Krankenhaus gekommen und ist 14 Tage später Zuhause friedlich eingeschlafen. Er ist in seinem hohen Alter plötzlich noch mit dem Joggen angefangen, Sport ist Mord. Er wohnte eigentlich in der Stadt, seine Schwester bewohnt das Elternhaus hier im Dorf, daher ist auch von uns damals niemand auf den Jensen gekommen. Und die Schwester war in der Stadt bei ihrem anderen kranken Bruder, konnte also nicht befragt werden."

„Und wie steht es mit dem Wagen, den Anna Keiser gesehen hat? Hat vielleicht doch jemand etwas gesehen?"

„Nein, tut mir leid. Aber was soll diese ganze Fragerei eigentlich? Anna ist doch verurteilt!"

Bevor Habbo etwas sagen konnte, mischte sich seine Kollegin in das Gespräch ein:

„Ich habe eine Frage an Sie beide oder besser an alle drei," und schaute die Köchin an, die eben mit zweimal Bauernfrühstück aus der Küche kam.

„Wenn ich vor dieser ganzen Geschichte zu Ihnen gekommen wäre und Ihnen erzählt hätte, Vorsicht bei Anna Keiser, das ist eine ganz eiskalte, was hätten Sie gedacht?"

Die Wirtin und die Köchin schauten sich an und die Wirtin antwortete schließlich:

„Ich glaube, ich spreche für das ganze Dorf. Nicht einer hat ihr etwas Schlechtes zugetraut und schon gar nicht was, was den Jungen oder Lars betrifft."

„Sie war eine Zugezogene und sie hat nie groß am Dorf-
leben teilgenommen, aber sie war hier mit ihrem Lachen und
ihrer ganzen Art schon nach kurzer Zeit unsere Anna und
daher eine von uns. Eine böse Tat und sogar Mord, nee,
das hat ihr keiner zugetraut."

„Sie musste es tun, ich bringe die Menschen dazu, ich habe
die Schuld!"

Den Rest verschluckte Lars Inken in einem Weinkrampf. Der
Hauptkommissar setzte sich mit an den Tisch und aß sein
Bauernfrühstück. Währenddessen brachte die Köchin Lars
Inken in ein benachbartes Zimmer. Die Wirtin erklärte,
Agatha, die Köchin, sei die Einzige, auf die Lars noch hören
würde. Nachdem Habbo und Claudia bezahlt hatten und
schon gehen wollten, drehte die Beamtin sich noch mal um:

„Wie kommen Sie eigentlich darauf, dass Inkens Freundin
nichts für ihn gewesen ist?"

„Die führte ihn doch an der Nase herum, ab und zu hatte sie
sogar die Frechheit, sich hier mit jemandem zu treffen! Vor
und nach der Tat."

„War es ein Treffen von einem Liebespaar oder eher geschäftlich?"

„Geschäftlich oder ein guter Freund, ein Liebespaar gerade
nicht. Der Mann war aber in Lars seinem Alter, Corinna ist ja
mindestens 12 Jahre jünger!"

„Könnten Sie ihn beschreiben?" fragte Habbo.

„Nun, das ist schon eine Weile her."

Sie beschrieb den Mann sehr grob umrissen. Habbo konnte
mit der Beschreibung nichts anfangen, vereinbarte aber, den
Polizeizeichner vorbei zu schicken. Wieder im Dienstwagen
sitzend meinte Claudia Petersen:

„Unser Zeichner muss dich ja schon hassen, in den letzten
Wochen ist er für dich durch halb Ostfriesland gereist."

„Der Zeichner macht mir weniger Sorgen, wir haben wieder
eine Spur verfolgt, und statt eines Ergebnisses haben wir
wieder zwei neue Spuren."

„Was machen wir nun?"

„Ich informiere das zuständige Revier, sie sollen sich mal mit der Schwester des verstorbenen Herrn Jensen unterhalten, ich will wissen, wodurch der Schlaganfall ausgelöst wurde! Wir fahren jetzt zu dieser Corinna Förster. Mal sehen, was sie uns sagen kann?"

Habbo telefonierte über Autotelefon mit der Zentrale, und sie fuhren dann zu der ermittelten Adresse in Sandhorst bei Aurich.

„Da merkt man gleich die geschickte Frauenhand", meinte die Beamtin, als sie vor dem Grundstück ausstiegen und den wundervollen Garten sahen. Gut gepflegt und vor allen Dingen sauber, denn trotz bereits fallender Blätter sah es aus, als wissen die Blätter, das sie in diesem Garten nichts zu suchen hätten. An der Klingel stand Eva Lorenz.

Überrascht sahen sich die Beamten an, Habbo klingelte aber trotzdem. Nach einem zweiten Klingeln hörten sie ein leises „Komme gleich", und zwei Minuten später öffnete ihnen eine Schönheit mit langen schwarzen Haaren.

„Ja bitte?" flötete eine Stimme, dessen Melodie Habbo sogleich gefangen nahm. Es waren bewundernde Gedanken, die ihm durch den Kopf schossen, aber er wurde dennoch ein wenig rot. Er stellte sich und seine Kollegin vor und trug sein Anliegen, Corinna Förster sprechen zu wollen, vor.

„Was wollen Sie denn von mir?" flötete die Stimme.

Claudia Petersen, die mitbekommen hatte, dass ihr Kollege etwas aus der Fassung war, schaltete sich ein.

„An der Tür steht Eva Lorenz."

„Das ist meine Schwester, ich musste plötzlich bei meinem Freund ausziehen, und so bin ich hier gelandet. Aber kommen Sie doch rein, wir können in die gute Stube gehen, meine Schwester hat sicher nichts dagegen."

Sie gingen durch einen kleinen Flur und gelangten durch die Küche in ein großes Zimmer. Eine Wand war komplett mit einer Eichenschrankwand ausgefüllt, dann gab es eine Fensterfront und eine riesige Rundecke im Friesenstil mit zwei Sesseln. Der gewaltige Eichentisch und die Bilder an der Wand rundeten das Gesamtbild ab.

Habbo fiel auf, dass auf dem einen Bord drei Kinderbilder mit schwarzem Rand standen. An allen war ein Trauerflor befestigt und alle zeigten das gleiche Kind, nur bei anderen Gelegenheiten.

„Ein früher Freund meiner Schwester, seinen Tod hat sie nie verwunden."

Sagte Corinna Förster, die den Blick des Hauptkommissars bemerkt hatte:

„Möchten Sie etwas trinken, Tee, Kaffee oder lieber etwas Kaltes?"

Man einigte sich auf Tee, und nachdem Corinna Förster den Tee, Kluntje, richtige Sahne und selbstgebackene Kekse aufgedeckt hatte, fragte Habbo:

„Wie ist der Freund Ihrer Schwester denn gestorben?"

„Er ist ertrunken. Aber nun erzählen Sie mir doch mal, was wollen Sie von mir?"

„Wir sind da auf ein paar Sachen gestoßen, die den Fall Keiser betreffen, und hoffen, dass Sie uns darüber aufklären können!"

„Nichts gegen Sie, Sie tun ja nur Ihre Pflicht. Aber ist es nicht schlimm genug, dass Jens tot ist? Ein Kind ermorden, wie krank muss man sein. Ich gebe zu, ich fand es komisch, als damals Anna sagte, nehmen Sie mir mein Kind nicht weg, aber dass sie soweit geht? Sie hat nicht nur das Kind getötet, nein, sie hat auch Lars und unsere Beziehung zerstört. Ich habe alles versucht, aber diesen Bruch konnte ich bei aller Liebe nicht mehr kitten. Und jetzt kommen Sie und wollen im Dreck wühlen. Waren Sie schon bei Lars, wie geht es ihm?"

Die Art, wie die letzte Frage gestellt war, gefiel Habbo gar nicht, der Ton macht die Musik und diese Musik klang falsch.

„Frau Förster, wir haben uns im Dorf noch einmal umgehört und herausgefunden, dass ein Mann, den Anna Keiser angeblich gesehen haben will am Tattag, sich mit Ihnen des Öfteren vor und nach der Tat getroffen hat?"

Das war ein absoluter Blindschuss, den Habbo da vollführte, leider aber auch ein Blindgänger.

„Wenn Anna diese Person an dem Tag gesehen haben will, dann muß sie bessere Augen als Charakter haben, denn Thomas hatte an dem Tag 24 Stunden Bereitschaft, und wenn ich mich recht entsinne, war ihre Beschreibung nicht damals auch ganz anders!"

„Hat dieser Thomas auch einen Nachnamen und wie stehen Sie zu dieser Person?"

„Ich halte den Moment für gekommen, wo ich Sie eigentlich an die Luft setzen müsste, denn das alles geht Sie gar nichts an! Aber meine Gastfreundschaft verbietet es mir und Sie würden so lange schnüffeln, bis Sie auch diese Frage gelöst haben."

Sie schenkte die leeren Tassen wieder voll und fing dann erneut an.

„Thomas Brahms ist der volle Name und der betreuende Arzt meiner Schwester. Sie ist immer noch labil seit dem Tod ihres frühen Freundes. Thomas und ich trafen uns öfters, um über meine Schwester zu reden, Thomas liebt meine Schwester, und dies bringt ihm immer wieder in Konflikt mit seinen Gefühlen, dann ruft er mich an und wir reden. Lars konnte nie verstehen, warum wir uns nicht Zuhause getroffen haben, aber Thomas bekam dann noch mehr Sehnsucht nach einer heilen Familienidylle, und dann konnte man gar nicht mehr mit ihm reden."

„Wo können wir Thomas Brahms erreichen?"

„Im Krankenhaus Norden. So, das war es von meiner Seite aus, wenn Sie keine Fragen mehr haben, bitte ich Sie zu gehen!"

Die Beamten verabschiedeten sich und bedankten sich für den Tee.

Im Wagen meinte Claudia Petersen:

„Haben Sie Fantasie, Habbo?"

„Wie kommen Sie jetzt darauf? Ich bin ein Romantiker, also in der Hinsicht habe ich Fantasie. Wozu die Frage?"

„Das kann ich Ihnen erst morgen früh beantworten!" lenkte die Beamtin ein. „Was machen wir jetzt?"

„Feierabend! Ich muss mal abschalten, denn die vielen losen Enden verfangen sich langsam und drohen falsch geknüpft zu werden."

Auf eigenen Wunsch hin setzte Claudia Petersen Habbo diesmal am Wittmunder Bahnhof ab, wo er nicht mal zehn Minuten warten musste, bis ihn der aus Esens kommende Zug der Nordwestbahn nach Jever brachte. Der Bahnhof von Jever war nicht einmal sieben Minuten von seinem Elternhaus weg, aber er spazierte Richtung Harlinger Weg, um dann am Fernemeldeturm Richtung Schloss zu wandern. Am Alten Markt meldete sich sein Magen und er kehrte in der nahe gelegenen Pizzeria ein. Selbst nach so vielen Jahren erkannte ihn das Bedienpersonal, denn hier hatte er manchen Abend verbracht und war mit ihnen dann noch in die damals auch am Alten Markt gelegene Diskothek gegangen. Man war fast wie eine Familie, jeder wusste alles vom anderen, da der Alkohol bekanntlich die Zunge löst, aber jeder nahm den anderen auch so wie er war, keiner wollte einen verändern oder bessern.

So wurde es auch diesen Abend erst gegen ein Uhr, als Habbo ins Bett kam, doch er hatte einen Gedanken auch auf einen Zettel geschrieben, den er unbedingt verfolgen wollte.

Kapitel 20

„Moin Claudia!" sagte Habbo, als er in den Wagen stieg.
Claudia Petersen sah ihn lächelnd an:
„Heute bessere Nacht gehabt oder den Fall gelöst?"
„Leider nein, und ich habe Angst, ins Büro zu gehen, denn
noch mehr lose Fäden können wir nicht brauchen."
„Ich habe gestern noch ein wenig telefoniert."
Habbo sah seine Kollegin verdutzt an.
„Gucken Sie doch nicht so. Ich wollte wissen, was es mit
Thomas Brahms auf sich hat. Er hat zu dem Zeitpunkt, als
Anna Keiser den Mann gesehen haben will, ein perfektes
Alibi. Er war im OP bei einer Notoperation. Zum genauen
Todeszeitpunkt des Jungen konnte ich kein Alibi entdecken,
aber er kann sicher eins liefern, wenn man ihn persönlich
befragt."
„Also ein Faden weniger und damit ist Anna Keiser die zu
Recht verurteilte."
Habbo atmete erleichtert auf.
„Ja und nein, wir haben ja nur eine Beschreibung von
Brahms, also im Moment haben wir keine genaue Ahnung
über sein Aussehen, aber die Beschreibung könnte auf den
Taxifahrer von Lemke passen."
„Sagen Sie das noch mal!"
Habbo war entsetzt:
„Sie haben sicher auch schon in dieser Richtung recheriert,
nehme ich an."
Er sah seine Kollegin scharf an. Konnte es sein, dass sie
eben nur eine echt pfiffige Polizistin war, oder steckte mehr
dahinter?
„Richtig, Thomas Brahms hat laut Dienstplan Hausbesuche
gemacht und hatte Rufbereitschaft. Ich glaube nicht, dass
sich mit einer Rufbereitschaft ein perfektes Verbrechen
planen lässt. Was mich wiederum stutzig macht, denn es
gibt Zufälle, aber erst beschreibt Lemke eine Frau, die so
aussieht wie Linda Behrends vor drei Jahren etwa, und dann
einen Arzt, der nicht da gewesen sein kann. Zufall oder
Absicht?"

„Es muss eine Verbindung geben, die wir noch nicht kennen. Claudia, was meinten Sie gestern mit ‚wenn ich Fantasie habe'?"

„Zeige ich Ihnen im Büro, ist aber weit hergeholt, das sage ich gleich."

Als beide ihr Büro im Keller betraten, ging die Beamtin gleich an ihren Schreibtisch und suchte und suchte. Habbo fand das prima, fleißig wie eine Biene, aber eine Ordnung, die jeden anderen eher an ein Chaos glauben lies. Aber er selbst war nicht anders. Sie hätten schon lange Berichte schreiben müssen, aber das hatte noch Zeit, obwohl mancher Fall erst beim Berichte schreiben klarer wurde.

„Hier ist es, sehen Sie sich diese Zeichnung mal an!"

Es war die Zeichnung, die mit Hilfe des Mitarbeiters der Inselgaragen von den Frauen, die den Granada abgeholt hatten, vom Polizeizeichner erstellt worden war. Habbo schaute sich die Bilder lange an, ging mit ihnen sogar auf den Hof, um dort etwas zu entdecken, aber er musste kapitulieren.

„Ich kann da selbst mit viel Fantasie nichts entdecken", meinte er nach Rückkehr ins Büro. Claudia Petersen schmunzelte, nahm ihm die Zeichnung wieder ab und verschwand kurz und kam mit dem Original und einer Kopie wieder. Dann setzte sie sich an den Schreibtisch und malte auf der Kopie herum. Als er das Ergebnis sah, wusste der Hauptkommissar, was seine Kollegin seit gestern meinte.

„Corinna Förster," sagte er und setzte sich.

„Wie passt sie zu dem Ford Granada? Nehmen wir mal an, sie hatte die Hände wie auch immer beim Tod von Jens Inken mit im Spiel und ist auch im Mordfall Lemke beteiligt, ich sehe einfach keine Motivverbindung. Wir werden jetzt die zuständigen Dienststellen informieren, dass sie aktuelle Fotos von allen Beteiligten machen."

In diesem Moment klingelte das Telefon.

Habbo nahm ab und hörte eine Weile zu.

„Und Frau Jensen ist sich sicher, dass es ein helles Fahrzeug war und nicht ein dunkles?"

Er bedanke sich nach einiger Zeit bei dem Anrufer und sah die junge Polizistin an, die dabei war, Tee und Brote zu machen. Die Brote und den Aufstrich hatte sie von Zuhause mitgebracht.

„Der alte Jensen wurde am Mordtag fast von einem Fahrzeug älterer Bauart überfahren. Der Fahrer hat ihn dann derart mit Schimpfkanonen belegt, dass der alte Mann Zuhause vor Aufregung zusammengebrochen ist. Aber es war ein helles Fahrzeug, da war er sich sicher. Aber es kam aus dem Waldweg, der zu der Hütte führte!"

„Konnte er den Täter beschreiben?"

„Leider nein, und befragen können wir ihn ja auch nicht mehr!"

Beide schwiegen und aßen die geschmierten Brote.

„Wir müssen mal ganz anders an die Sache herangehen", meinte Habbo schließlich.

„Nehmen wir einmal an, Anna Keiser sagt die Wahrheit und Hans Fortex, so unwahrscheinlich es auch klingen mag, auch, dann bleibt noch Lemke. Mein Gefühl sagt mir, dass er wie auch immer schuldig oder zumindest mitschuldig ist, aber er und mein Vorgesetzter, der ja sein Freund sein will, sagen etwas anderes. Die Tochter von Lemke war zu Hause, kommt also beim Lemkemord auch nicht in Frage, und für die anderen Fälle sehe ich kein Motiv. Lars Inken und Corinna Förster können den Jungen nicht getötet haben, denn sie waren ja bei Hannover. Wenn wir mal annehmen, dass es sich nicht um eine zufällige Ähnlichkeit handelt, scheint durch den Ford Granada Corinna Förster die einzige Person zu sein, die irgendwie in zwei Fällen eine Rolle spielt. Linda und Ingo Behrends haben eindeutig etwas mit der Sache zu tun. Das konnten wir ja auch zum Teil nachweisen, aber die Morde traue ich beiden nicht zu. Jetzt haben wir noch zwei Unbekannte im Spiel, einmal den Arzt Thomas Brahms und Eva Lorenz, die Schwester von Corinna Förster. Wobei ich beiden einfach kein Motiv andichten könnte."

Um mal wieder lachen zu können, fügte er noch hinzu:

„Und keiner scheint einen Gärtner zu haben, den wir verhaften könnten!"

So richtig konnten aber beide nicht über diesen Spruch lachen. Beide vertieften sich nochmals in die Unterlagen, und Habbo veranlasste das Fotografieren aller Beteiligten. Begeistert waren die örtlichen Dienststellen aber nicht, für den Superbullen die Laufarbeit zu machen. Als er mal auf die Uhr schaute, erschrak er, hier im Neonlicht des Kellers vergaß man schnell die Zeit. Aber sein Magen, der meldete schon eine ganze Weile wieder seine Wünsche an. Deswegen beschlossen beide Beamte, einen Fußmarsch Richtung Nordseepassage zu machen, um zu speisen. Ihr Essen nahmen sie bei einem Chinesen in der Nähe eines großen Kaufhauses ein. Das Essen war gut, schnell serviert und auch preiswert, aber Habbo störte die Aussicht auf die Straße. Aber seine Tischnachbarin Claudia gefiel ihm immer besser. Sie unterhielten sich, aber es war nicht anstrengend. Manche reden ja viel, so dass man die Lust am Zuhören verlor. Andere redeten nur über sich oder über andere, die dies oder jenes falsch machen. Claudia Petersen war anders. Was sie sagte, hatte Hand und Fuß, auch sie schilderte Erlebnisse, aber da waren die Tatsachen, da wo sie hingehörten, und selbst romantische Stimmungen konnte sie ohne viel Geschwafel in wenige Worte packen. Er wunderte sich, obwohl das Essen sehr schnell serviert worden war, das sie sich erst nach knapp zwei Stunden erhoben und Richtung Ebertstraße spazierten.

Im Büro angekommen, arbeiteten sie schweigend jeder für sich, bis seine Kollegin die Stille unterbrach.

„Sie hatten doch sicher schon mit mehr medizinischen Analysen zu tun als ich. Können Sie mir diesen Unterschied erklären?"

Habbo runzelte die Stirn und ging zu seiner Kollegin rüber.

„Hier im Fall Fortex bei den Blutvergleichen komme ich nicht klar."

„Ich sehe, es handelt sich aber um Abweichungen nach dem Komma, und der Test hat es ja eindeutig erwiesen, dass es in beiden Fällen das Blut von Elina Fortex ist!"

„Ich finde es trotzdem komisch, ich werde mal meinen Freund heute Abend fragen", meinte die Beamtin trotzig.

Habbo war erschrocken und überrascht. Nicht, dass er an irgendetwas gedacht hatte, aber zu hören, Claudia Petersen hatte einen Freund, störte ihn irgendwie schon. Innerlich war sein Unterbewusstsein schon wieder dabei gewesen, einen romantischen Film zu drehen, und nun fehlte wieder die Hauptdarstellerin.

In diesem Moment klopfte es an der Tür und ein Beamter des Streifendienstes betrat den Raum.

„Hier ist ein Fax für Sie von den Kollegen aus Jever. In Schortens sind bei der Lackiererei in der Jeverschen Straße auf den Namen Ingo Behrends zwei Wagen lackiert worden. Ein Benz und ein Ford Granada. Die Lackierer wissen deswegen so genau Bescheid, weil beide Wagen mit zwei Farben gespritzt werden mussten. Der Benz auf Motorhaube, Kofferraum und die linke Seite in Taxifarben und auf der anderen Seite grün. Der Ford wurde nach dem gleichen Muster dunkel und hell gespritzt."

„Danke fürs Bringen", sagte Habbo und der Beamte verließ den Raum.

„Das ist ein Fortschritt, zwar können wir die Sache noch nicht beweisen, da der Zeuge, der den Ford gesehen hat, verstorben ist, aber es bestätigt, dass es möglich sein könnte. Wobei der dunkle Wagen auch von Frau Keiser erfunden sein könnte. Allerdings gehe ich nicht davon aus, denn wenn sie wirklich aus Gründen wahnsinniger Liebe getötet hat, dann erfindet man einfach keine Lügengeschichten, sondern rechtfertigt sein Handeln mit moralischen Dingen."

„Wenn sie es nicht war, können nur Lars Inken oder Corinna Förster die Sonntagssachen des Jungen und die Tabletten aus dem Haus geholt haben. Denn die Kollegen haben alle Register gezogen und alle Schlösser ausgebaut und ins Labor geschickt. An keinem Schloss wurde mit einem Dietrich gearbeitet, und einen Nachschlüssel gibt es nur mit Sicherheitscodierung und Erlaubnis des Hausherrn. Nach Angaben der Kollegen gibt es aber nur drei Schlüssel. Einer lag im Tresor, einen hatte Anna Keiser bei sich und einen Lars Inken selber."

„Das heißt!" fiel Habbo wieder ein:

„Eine Person, in unserem Fall Corinna Förster, hat die Sachen irgendwie vorher beiseite geschafft, oder der Täter muss mit Anna Keisers Schlüssel im Haus gewesen sein. Die Hütte war zwar abseits des Weges, aber für jeden zugänglich, so dass ich annehme, der Täter hatte die Gegenstände schon, alles andere wäre viel zu risikoreich für den Täter gewesen. Auf den Tabletten und den Sachen wurden nur Fingerabdrücke von Lars und Jens Inken beziehungsweise Anna Keiser gefunden. Wie also konnte Corinna Förster diese Sachen aus dem Haus bringen und selbst, wenn sie es schaffte, der Täter muss die Sachen irgendwo bekommen haben, denn wenn alle Tabletten fehlen und Lars Inken hätte vor der Messe noch gut schlafen wollen, wäre es schon nicht mehr durchführbar gewesen. Beide sind noch zu ihr in die Wohnung, das heißt, in die Wohnung der Schwester morgens gefahren. Nehmen wir weiter an, sie hätte eine Tasche oder so mitgehabt. Selbst wenn wir das beweisen können, stehen wir am Anfang, denn den Inhalt der Tasche können wir nur raten. Auch die Abholung des Fords können wir ihr nicht nachweisen, denn ein geschickter Anwalt wird zugeben, dass sie da war, aber ein anderes Auto abgeholt hat, also einfach nur eine Verwechslung stattgefunden hat ..."

„Selbst, wenn wir genügend Indizien hätten?" gab die Beamtin zu bedenken.

„Es fehlen uns einfach die Motive. Wenn ich an den Kindermord denke, fallen mir die Fotos der Schwester von der Förster ein, aber auch das ist weit hergeholt, denn es ging ja wohl nicht um einen Sohn, sondern um einen ertrunkenen Jugendfreund. Wenn wir daraus etwas basteln, wie passen dann zum Beispiel die Behrends in die ganze Sache rein?"

„Spuren über Spuren, und doch, die Kollegen haben damals Fall für Fall gesehen und perfekte Arbeit geleistet. Ich bin mir sicher, das wir irgendwo einen Denkfehler machen."

Sie schoben sich die Fakten und Täter noch zwei Stunden lang zu, eine fantastische Lösung jagte die nächste, aber am Ende stieg Habbo in Jever aus dem Dienstwagen der Kollegin, ohne dass dieser Tag auch nur etwas ans Licht gebracht hatte.

Kapitel 21

Am letzten Abend war der Hauptkommissar noch bei einer seiner Verwandten gewesen, halb aus Anstand und Pflicht, halb aus Langeweile. Seine Eltern kamen ja morgen wieder, und er hatte seine Tante noch nicht einmal besucht, seit er wieder in Jever war. Wann er nach Haus gekommen war, wusste er nicht ganz so genau, es war auf jeden Fall ein netter Abend.

Gegen 8 Uhr hatte die Kollegin ihn aus dem Bett geklingelt. Er zeigte ihr die Küche, setzte Tee auf und bat um Entschuldigung. Er sprang dann schnell unter die Dusche, griff sich die erstbeste Hose und rasierte sich kurz über. Einen Blick in den Spiegel warf er lieber nicht, denn er wusste, dass er heute neben sich stehen würde. Er hätte es aber doch machen sollen, denn die Kollegin, die inzwischen ihren Korb aus dem Wagen geholt und die Küche nach Geschirr durchstreift hatte, saß am groß gedeckten Küchentisch und grinste:

„Habbo, ist es jetzt modern, das Oberhemd verkehrt herum zu tragen!"

Nicht, dass ihn der Spot verletzte, aber ärgern tat es ihn doch.

„Beim Frühstück trage ich es immer so, wenn ich mich bekleckere, brauche ich nicht das Hemd zu wechseln."

Beide lachten und genossen den Tagesanfang zu zweit. Sie wuschen auch gemeinsam ab, Habbo wurde es schon unheimlich, wie gut sie sich verstanden. Erst auf der Fahrt nach Wilhelmshaven fing Claudia Petersen an, dienstlich zu werden.

„Ich habe meinem Kegelfreund mal die Werte von den Blutproben vorgelegt. Er kannte ja nun nicht die Umstände oder wie die Blutproben entstanden sind. Das Blut zersetzt sich, aber das Blut im Körper benötigt grundsätzlich länger als Blut, das wie in unserem Fall auf einer Hose oder an einem Sitz zu finden ist. Wenn das Blut von ein und derselben Person sein sollte, sollten wir unsere Fachärzte noch einmal darauf ansetzen."

„Ich konnte heute Morgen per Telefon Dr. Bringer aus dem Labor überzeugen, sich die Daten noch mal anzuschauen."
Habbo hatte nur die Hälfte mitbekommen, ihm ging das Wort Kegelfreund nicht aus dem Kopf. Jetzt konnte das Unterbewusstsein ja den Film weiterdrehen. Um etwas zu sagen, stellte er die Frage:
„Ich verstehe nicht, was unterschiedliche Werte mit dem Mord zu tun haben? Es handelte sich ja eindeutig nicht um einen Giftmord."
„Das weiß ich selber nicht, aber mein Instinkt sagt mir, dass wir da etwas in den Händen halten."
„Ich möchte heute noch einmal die Förster und die Keiser vernehmen."
Habbo reckte sich:
„Wenn wir da ein Motiv finden, dann sehen wir vielleicht klarer."
Im Büro telefonierten beide, jeder versuchte, seinen Eingebungen und Spuren zu folgen. Nur war Habbo sich nicht sicher, was und wen er verfolgte. Irgendwie sichtlich noch an den Nachwirkungen des letzten Abends leidend, stieß er versehentlich auch noch die Flasche Wasser um, die er neben sich stehen hatte. Einem Reflex folgend griff er nach seinem Taschentuch und trocknete den Boden einigermaßen ab. Da es sich nur um Wasser handelt, legte er sein Stofftaschentuch über den Heizkörper zum Trocknen.
„Keine Angst, ist ein frisches von heute morgen gewesen", sagte er zu Claudia Petersen, die ihm bei seinen Aktivitäten zuschaute. Auf dem Rückweg zum Schreibtisch sah er einen Zettel auf dem Boden liegen.
`Freund seid wann´ stand dort.
Jetzt fiel es ihm erst auf, dass er heute in der Eile eine alte Hose angezogen hatte und diese Notiz hatte er doch vor zwei oder drei Tagen selbst geschrieben. Der Spur wollte er doch auch noch folgen.
„Es hat jemand in der KTU angerufen, dass der Wagen als Beweismittel nicht mehr benötigt wird und er von dem Abschleppunternehmen geholt werden kann", riss ihn seine Kollegin aus den Gedanken.

„Was meinst du?"

„Der Ford, die Kollegen bekamen grünes Licht, haben sich zwar gewundert, aber haben bestätigt und den Händler in Jever gleich angerufen, denn sie brauchten ja auch Platz. Das Verfahren ist wohl gang und gebe, das Formular kommt meistens von dem bearbeiteten Richter oder Staatsanwalt immer ein paar Tage später, so dass die Kollegen sich nichts dabei gedacht haben."

„Was hätten wir denn in dem Fahrzeug noch finden können? Wir sind uns ja schon sicher, dass das Fahrzeug einmal bei Inken und bei Lemke eingesetzt wurde. Ich bin mir sicher, dass die Kollegen bei der Untersuchung des Wagens nichts übersehen haben, also weswegen hat man den Ford verschwinden lassen?"

„Noch dazu auf diese komplizierte Weise?"

Habbo stand auf und lehnte sich an den Aktenschrank.

„Was wir brauchen, ist nicht die Art von Lebenslauf, die wir hier sonst haben, sondern wir müssen so lange suchen, bis wir eine Gemeinsamkeit finden. Ich gehe zu Volkers hoch und werde ihn bitten, ein oder zwei Leute dafür abzustellen, denn je länger wir warten, umso kälter werden die Spuren beziehungsweise jagen wir den falschen Spuren nach. Wollen Sie mitkommen, Claudia, denn es ist ja auch Ihr Fall?"

„Nein danke, ich versuche schon mal, ein paar Fragen zu finden, mit denen wir die Verhöre ein wenig interessant machen."

Habbo musste lächeln.

„Vielleicht gibt es ja einen Jackpot, den wir mit Hilfe unserer Talkgäste heute Nachmittag knacken können."

Mit diesen Worten verließ er das Büro und machte sich auf zum Dienststellenleiter.

„Moin, Herr Claasen, schön dass Sie mal reinschauen! Ihr Vorgesetzter Arnold ruft hier jeden Tag an und lässt sich alle Infos geben. Leider habe ich da ja noch nicht ganz so viele, denn das Berichte schreiben liegt Ihnen ja nicht so. Setzen Sie sich schon mal hin!"

Volkers wies auf die bequeme Sitzgruppe und bestellte bei seiner Sekretärin Tee und Gebäck.

Nachdem beide eine Tasse getrunken und während des Wartens Belanglosigkeiten ausgetauscht hatten, fing Habbo mit seinem Bericht an.

„Ich muß vorausschicken, dass jeder Fall für sich betrachtet hervorragende Ermittlungsarbeit von den Kollegen war. Die Beweiskette ist so eindeutig, dass Frau Petersen und ich uns manchmal fragen, ob wir nicht einem Fantasiegebilde hinterher rennen. Aber es gibt halt ein paar Sachen, die nicht zusammen passen."

Habbo gab nun einen genauen Bericht von der bisherigen Ermittlungstätigkeit und auch die Vermutungen, die er bei jeder Person hatte.

„Wenn wir mal alles als erwiesen hinnehmen, wissen Sie, was das im Endeffekt heißt?"

„Habbo nahm noch einen Schluck Tee, bevor er Volkers antwortete:

„Das heißt, Arnolds muss seinen guten Freund Lemke schon ewig aus den Augen verloren haben, dass er nicht weiß, was Lemke für ein Mensch geworden ist. Oder die Freundschaft ist so dicke, dass er meinen Einsatz ohne auch nur an Lemke ein bisschen zu zweifeln befohlen hat. Ich kenne Arnolds eigentlich sehr gut, die zweite Möglichkeit schließe ich aus. Er hätte in einem solchen Fall Lemke selber besucht und stundenlang verhört, sich selbst ein Urteil über die anderen Fälle gemacht und dann entschieden, ob ein Einsatz des BKA nötig ist oder nicht. Es muss etwas geben, was wir nicht wissen!"

Der Dienststellenleiter stand auf und ging ständig auf und ab.

„Ich schicke Ihnen zwei Polizeianwärter für zwei Tage. Geben Sie Ihnen eine Liste mit allen Namen, wo Sie die genauen Lebensläufe brauchen. Um Arnolds kümmere ich mich selber. Da dies aber eine heiße Sache ist, sage ich Ihnen gleich, sollte ich meiner Meinung nach Arnolds zu nahe kommen, gehe ich einen Schritt zurück."

„Mehr verlange ich ja gar nicht, vielleicht können Sie sich ja auch die Mühe sparen und fragen ihn einfach mal!"

Habbo war sichtlich erleichtert. Nach einer weiteren halben Stunde verließ er das Büro des Dienststellenleiters und dachte auf dem Weg nach unten noch mal über das Gespräch nach. Volkers war korrekt. Er hatte Habbo durch die Blume darauf hingewiesen, sollte ein Schatten auf Arnolds fallen und hinterher stelle es sich als Luftblase heraus, würde er Habbo eigenhändig aus seinem Revier schmeißen, denn Nestbeschmutzer brauche man nicht. Im Keller angelangt, standen schon zwei junge Beamte vor der Bürotür und warteten auf ihn. Er bat beide herein, stellte Claudia Petersen vor und informierte sie über die Aufgaben. Nach fünf Minuten waren die zwei Anwärter schon wieder verschwunden, stolz, richtig recherieren zu dürfen.

Gegen 14 Uhr klopfte es an die Tür, und Anna Keiser wurde von einer Schwester hereingeführt und auf den Stuhl bei Habbos Schreibtisch gesetzt. Die Schwester postierte sich an der Tür.

„Frau Keiser", fing Habbo an.

„Sie beteuern ständig Ihre Unschuld, nennen einen alten Mann, einen dunklen Ford und einen jungen Mann, den Sie gesehen haben wollen. Leider haben die ermittelnden Beamten und auch wir nichts gefunden, was Ihre Aussage beweisen könnte. Aber, Frau Keiser, hören Sie mir bitte jetzt ganz genau zu!"

Anna Keiser, die bis jetzt immer nur nach unten starrte, sah den Kommissar an, sagte aber nichts. In den Augen meinte der Hauptkommissar eine Art Hoffnung zu sehen.

„Aber der alte Mann scheint wirklich immer den Weg genommen zu haben, den Sie beschrieben haben. Auch das Auto hat dieser besagte Mann gesehen. Leider ist er verstorben, so dass wir nicht eindeutig klären können, ob es sich um das gleiche Fahrzeug handelte. Aber es ist ein Anfang gewesen. Es reicht nicht aus, um Sie von der Schuld zu befreien, aber meine Kollegin und ich glauben, warum auch immer, an Ihre Unschuld."

Er gab ihr eine Liste mit allen Namen aus allen Fällen:

„Abgesehen von Lars Inken, Corinna Förster und Ihrem eigenem, sind Ihnen die anderen Namen irgendwie schon mal begegnet?"

Die Befragte las sich die Namen dreimal in Ruhe durch und schaute dann auf:

„Eine Zeit klingelte das Telefon immer, wenn Corinna Förster im Hause war. Zu Lars sagte sie dann immer nur, das war wieder die lästige Behrends. Ich oder Lars hatten sie aber nie am Telefon."

„Nannte sie einen Vornamen?"

„Nein. Wieso fragen Sie, glauben Sie, Corinna hat was mit dem Tod zu tun? Warum sollte sie so etwas tun. Sie hätte Lars doch nur überreden brauchen, mich zu behalten oder den Jungen in ein Internat zu geben, beides hätte Lars aus Liebe vielleicht sogar gemacht."

Claudia Petersen räusperte sich, damit Anna Keiser in ihre Richtung schaute.

„Ist Ihnen der Name Eva Lorenz bekannt?"

„Wer soll das denn schon wieder sein, der Name stand doch auch auf dem Zettel!"

„Wissen Sie überhaupt, dass Lars Inken nicht mehr mit Frau Förster zusammen ist, und wussten Sie, dass Corinna eine Schwester hatte?"

Anna Keiser schaute von einem zum anderen.

„Schwester, was reden Sie denn da? Ihre Eltern sind bei ihrer Geburt gestorben, sie wuchs in einem evangelischen Waisenhaus auf."

„Also ist der Familienname Förster oder lautet er anders?"

„Förster ist der Name ihres toten Mannes. Der muss sie wohl ständig geprügelt haben, bis er dann tödlich verunglückte. Er stieg aus seinem Bulldozer, als ein vorbeifahrender LKW ihn erwischte, er war sofort tot. Bei der Trauerfeier hat Lars sie dann auch kennen gelernt. Er war als Architekt bei dem Bauvorhaben dabei. Ostfriesland ist halt klein. Ich freute mich für Lars, denn sie ist ja auch wirklich eine nette Person. Und jetzt ist Lars alleine, aber warum denn?"

Habbo beobachtet Anna Keiser. Sie schien richtig aufzublühen, jetzt, wo man ihr Fragen stellte, die sie beantworten konnte.

„Wissen Sie denn den Geburtsnamen von Frau Förster?"

„Nein, aber sagen Sie mir endlich, was Corinna damit zu tun haben soll?"

So ging es noch zirka eine Stunde, ohne dass etwas Neues an Erkenntnissen herauskam. Frau Keiser behauptete von sich, sie sei unschuldig, was beide Beamte ihr auch irgendwie glaubten, wenn auch nicht beweisen konnten. Aber bei Vermutungen gegenüber Lars Inken oder Corinna Förster konnte sie sich keinen Grund vorstellen, der zu einem Mord führen könnte. Auch zu den anderen Namen hatte sie keinen Bezug, so das Habbo ihr noch versprach, weiter am Ball zu bleiben, und dann die Schwester bat, Anna Keiser wieder zurück zu bringen.

Kurz nachdem die Frau Keiser aus dem Büro geführt worden war, klopfte es an der Tür und ohne eine Einladung traten Corinna Förster und ein Herr ein.

„Guten Morgen zusammen, wir kennen uns ja bereits, Dietz mein Name, nun auch Anwalt von Frau Förster. Auf der Fahrt hierher hat meine Mandantin mir alle Fakten und Gespräche mit Ihnen erzählt. Ich gestatte Ihnen drei Fragen. Sollten diese Fragen aber ergeben, dass Sie nur im Nebel stochern, dann brechen wir sofort das Gespräch ab. Meine Mandantin war zum Todeszeitpunkt eindeutig in der Nähe Hannovers oder sogar in Hannover, der genaue Todeszeitpunkt ist mir wegen der Kürze der Vorbereitung nicht möglich gewesen zu ermitteln! Und Frau Förster hat den Jungen geliebt, also welches Motiv sollte sie haben?"

Habbo sah den Anwalt erstaunt an. Er mochte solche Typen nicht. Man konnte ihnen nicht beikommen. Vielleicht steckte hinter dieser Maske ein toller Kerl? Gegen die Person hatte er auch nichts, nur die Art, sich hier als harter Anwalt zu präsentieren, war nicht nur ekelhaft, sondern nach Habbos Meinung auch ein wenig übertrieben. Was hatte Corinna Förster denn zu verbergen? Bevor er eine Frage stellen konnte, sagte seine Kollegin:

„Was haben Sie mit dem Ford Granada gemacht, den Sie von den Inselgaragen abgeholt haben. Bevor Sie, Frau Förster oder Herr Dietz, etwas sagen, wir können jederzeit den Mitarbeiter für eine Gegenüberstellung herbeiholen. Die Perücke hat da nichts geholfen!"

Habbo schimpfte das erste Mal innerlich auf seine Kollegin. Solche Sachen sollte man vorher richtig fest machen, denn sonst hat die Gegenseite Zeit, sich darauf einzustellen. Seine Augen waren auf Corinna Förster gerichtet, die allerdings nicht sonderlich überrascht war.

„Was hat das mit dieser Sache zu tun?" fragte der Anwalt und holte Luft, um noch etwas zu sagen.

„Lassen Sie nur, Herr Dietz. Die Anna will damals einen dunklen ähnlichen Wagen gesehen haben, und nun glauben die beiden, nur weil ich einen Wagen mit Perücke aus den Garagen geholt habe, bin ich eine Mörderin. Wir sprachen doch letztens über Thomas Brahms, den Arzt meiner Schwester, der brauchte einen Wagen, und ein Bekannter hat ihn mir besorgt. Da Herr Brahms den Wagen aber erst später bekommen sollte, hat der Bekannte den Wagen in die Inselgaragen bringen lassen. Das mit der Perücke sollte ein Scherz sein bei der Übergabe des Wagens. Und wenn Sie mich gleich fragen, wer die zweite Person war, werde ich Ihnen Antworten, meine Schwester!"

Die Polizisten waren verblüfft.

„Dieses Fahrzeug ist eventuell das Fahrzeug, das Anna Keiser gesehen hat! Wieso gaben Sie Thomas Brahms ein gebrauchtes Auto?"

Bevor die Befragte oder der Anwalt antworten konnten, klingelte das Telefon. Claudia Petersen hörte lange zu, unterbrach den Gesprächspartner auf der anderen Seite nur mit ein paar nichts sagenden Fragen nach wie, wann und wo. Als die Beamtin auflegte, machte sie ein strahlendes Gesicht.

„Frau Förster, das Fahrzeug ist verschrottet, richtig!"

„Nein, ich sagte doch, wir haben es Thomas geschenkt. Er hatte immer Ärger mit seinem Auto, und als Dank, dass er meine Schwester immer so gut betreut, wollten wir ihm etwas Gutes tun. Der Bekannte hat uns das Auto günstig besorgt."

„Sollte es wirklich so gewesen sein, dann nennen Sie bitte den Namen des Bekannten, denn der Wagen war kurz zuvor noch auf dem Polizeihof und ist auch in einem anderen Mordfall das Täterfahrzeug gewesen!"

„Ist ja zu komisch, aber wie das kommt, müssen sie Ingo Behrends schon selber fragen?"

Wieder geriet die Welt des Hauptkommissars ins Wanken. Die Frau vor ihm spielte ein hohes Spiel. Das Warum und Wieso war ihm nicht klar, aber sie sollten hier geblendet werden. Das wusste er jetzt. Oder wollte er nur nicht wahrhaben, dass die Familie Behrends zu allen drei Morden Verbindungen hatte.

„Wieso ist er ein guter Freund?"

Corinna Förster lächelte ihm zu:

„Bekannter, nicht guter Freund bitte! In den letzten Jahren verstehen wir uns einigermaßen und ich wusste, dass er in Autos macht, so unter der Hand, verstehen Sie? Früher ja, da waren wir spinnefeind, er hatte mal eine Freundin sitzen lassen wegen mir, und als ich ihm dann sagte, dass ich ihn gar nicht wolle, da wollte er sich irgendwann mal an mir rächen. Aber das ist lange her."

„Das war es jetzt!" sagte der Anwalt, der zwar selber von einigen Fakten überrascht war, aber nun wieder zur alten Form gefunden hatte. Er stand auf.

Habbo schaute seine Kollegin an und sagte schließlich:

„Wir danken für Ihr Kommen. Für Sie war es ein weiter Weg für drei Fragen, aber Sie haben uns sehr weitergeholfen. Zu gegebener Zeit werden wir Sie noch mal einladen, auch Sie, Herr Dietz, und dann bestimmen wir die Menge der Fragen."

Habbo wollte nun den Anwalt kalt anschauen, doch Corinna Förster und Anwalt Dietz strahlten wie Sieger und verließen wortlos das Büro.

„Was für eine arrogante Bande!" schimpfte Habbo und schloss für einen Moment die Augen.

„Ich habe aber etwas Neues! Das Labor hat sich das Blut von Elina Fortex noch mal angeschaut. Das Blut der Leiche wurde genau untersucht, da man ja nicht wusste, was die eigentliche Todesursache war. Sie hätte ja auch vergiftet oder betäubt worden sein können. Bei den Proben an der Hose und im Wagen hat man alle Merkmale geprüft, die benötigt werden, um das Blut ein und derselben Person zuzuordnen. Aber da man zu diesem Zeitpunkt ja schon wusste, wie die Person starb, hat man die anderen Tests weggelassen. Das Labor hat dieses widerstrebend nachgeholt und sich eben bei mir entschuldigt. Die Ermordete hatte abends Zuhause noch Sekt oder ein anderes alkohol- artiges Getränk getrunken, das ließ sich im Blut der Toten nachweisen. Auf der Hose und auf dem Autositz wies das Blut aber keine derartigen Spuren auf. Laut Labor muss der Elina Fortex das Blut also vor dem Trinken abgezapft worden sein. Die Tote weist aber keine sonstigen Ver- letzungen auf."

Habbo konnte nur staunen:

„Mensch, Claudia, da hatten Sie ja den richtigen Riecher, aber wie kommt das Blut dann an Hose und Sitz?"

„Da hat mir das Labor auch gleich eine Vermutung aufge- drängt. Es könnte bei einer Blutspende oder OP entnommen worden sein. Und wer ist der Arzt, dem wir nicht vertrauen?"

„Thomas Brahms!"

„Richtig, also Zeit, den Herrn mal kennen zu lernen."

„Wir hätten unser Büro in Wittmund oder Norden haben sollen, jetzt sind wir schon wieder mehr als eine Stunde unterwegs! Aber was soll's? Claudia, Sie fahren!"

Beide dachten schweigend an den Fall, und Claudia Petersen musste zweimal scharf bremsen, weil sie in Ge- danken war. Die Beamtin fand es herrlich, dass der Haupt- kommissar keine Witze oder sonstigen Kommentare über ihr unvorsichtiges Fahren machte. Er war ein stiller Mensch, sie war gerne mit ihm zusammen, irgendwie hoffte sie, sie würden den Fall nicht so schnell lösen. Als sie beim Krankenhaus in Norden ausstiegen, fielen die ersten Regen- tropfen vom Himmel. Sie wiesen sich in der Empfangshalle aus und verlangten Thomas Brahms zu sprechen.

Sie wurden aber stattdessen zum Verwaltungsdirektor Dr. Meinecke geleitet. Nachdem die beiden Beamten sich noch mal vorgestellt hatten, kam Habbo gleich zur Sache.

„Sind Ihnen diese Namen bekannt?" und reichte dem Doktor den Zettel mit allen Namen drauf.

„Also, die Familie Behrends ist mir ein Begriff, denn Linda hilft hier ja zweimal in der Woche den alten Menschen bei ihren alltäglichen Sorgen. Dr. Brahms ist hier beschäftigt und Elina Fortex ist mir persönlich nicht bekannt gewesen, der Name ist mir aber aus internen Ermittlungen bekannt."

„Interne Ermittlungen, was soll ich darunter verstehen?"

„Nun, Herr Hauptkommissar, zum Glück haben sich diese Ermittlungen als überflüssig erwiesen, aber bei einer Blutspendeaktion waren einige Konserven verschwunden. Es hat sich aber dann aufgeklärt. Sie wurden falsch transportiert, und dadurch ist die Konserve von zwei Personen beschädigt worden. Maria Fischer und Elina Fortex."

Bevor einer der Beamten eine weitere Frage stellen konnte, klopfte es und ein Mann in einem weißen Kittel betrat das Büro, den beide sofort als Thomas Brahms erkannten. Nach nochmaliger Vorstellung und Habbos Bitte an den Verwaltungsdirektor, den Herrn Brahms alleine vernehmen zu dürfen, verließ Dr. Meinecke den Raum.

„Corinna hat mich schon angerufen, es geht um meinen Ford, den die Schwestern mir geschenkt haben. Es tut mir leid, hätte ich gewusst, dass dieses Fahrzeug schon einen Unfall hatte, ich hätte es nicht angenommen. Es ist zur Zeit in der Werkstatt meines Bekannten und wird dort hergerichtet. Es war ja zweifach lackiert und ist auch sonst schon ziemlich verbraucht. Aber ich liebe solche Autos und daher investiere ich auch gerne etwas mehr Geld."

„Herr Brahms, das Auto ist erst mal zweitrangig. Wie erklären Sie sich, dass das Blut aus der Blutspende von Elina Fortex an die Hose und an den Fahrzeugsitz von Hans Fortex kommt?"

„Frau Petersen!"

Der Arzt schaute die Beamtin an:

„Ich habe damals an der Aktion teilgenommen, habe auch das Blut abgenommen, doch dann hat sich Linda falsch verhalten und die Blutspende ging verloren. Aber nicht an irgendwelche Sitze oder Hosen, sondern die heilen Blutbeutel und der Transportkasten wurden hier ordentlich gesäubert, heißt im Klartext, das Blut von Frau Fortex und Frau Fischer gingen den Abfluss runter. Leider wurde es nur zu spät auf Grund falscher Kommunikation gemeldet. Linda verließ sich auf die Kollegin und die verließ sich auf sie, sonst hätten wir gar keine Ermittlungen einleiten müssen."

„Wie stehen Sie zu Erna Lorenz?"

„Ich finde sie mehr als nett. Ich mag sie sehr gern."

Die Beamtin stellte sich vor den Befragten, der immer noch nicht Platz genommen hatte.

„Das Bild mit Trauerflor, das auf der Anrichte in dem Haus der beiden Schwestern steht und einen Jungen zeigt, wer ist das?"

„Ein früher und ich glaube, einziger Freund von Erna, der ist vor vielen Jahren ertrunken. Sie leidet heute noch daran. Ich weiß nicht, was das mit der ganzen Sache zu tun hat, und als ihr Arzt muss ich Sie darauf hinweisen, dass Erna nicht vernehmungsfähig ist. Es kann Ihnen passieren, dass, wenn Erna in der Sache wieder angesprochen wird, einen Schock ausgelöst durch traumatische Alpträume bekommen kann!"

Habbo räusperte sich, so dass ihn der Arzt anschaute.

„Dr. Brahms, Sie sind kein Kriminalist, aber ist es möglich, dass das Blut von Frau Fortex das Krankenhaus verlassen hat?"

Der Arzt schaute den Hauptkommissar an.

„Ich wiederhole mich gerne, das Blut ging verloren!"

„Hat Linda Behrends die Sachen gereinigt oder jemand anders?"

„Soviel ich weiß, einer unserer Assistenzärzte, denn die anderen Gefäße durften ja nicht mit Reinigungsmitteln und der gleichen in Berührung kommen!"

Beide Beamte sahen sich an und wussten, dass sie einen Faden in der Hand hatten, der auf jeden Fall festgehalten werden musste.

„Herr Brahms, wir danken Ihnen erst mal für das Gespräch, behalten uns allerdings vor, Sie noch einmal zu befragen."

Thomas Brahms war sichtlich erleichtert, als Habbo ganz beiläufig fragte:

„Was fahren Sie denn zur Zeit für ein Fahrzeug?"

Der Arzt zögerte merklich mit der Antwort und auch die Farbe schien zu wechseln. Konnte aber auch Einbildung gewesen sein, dachte Habbo später.

„Zur Zeit einen umgebauten Käfer. Da ist die Heizung im Winter ja nicht so gut, daher war ich auch so erfreut über den Granada."

Claudia Peters setzte den Schlusspunkt:

„Ich würde mir eine neue Werkstatt suchen, denn die jetzige hat Ihnen anscheinend noch nicht mitgeteilt, dass der Granada versehentlich in der Schrottpresse gelandet ist. Ich weiß es auch nur daher, weil das Fahrzeug ordnungsgemäß abgemeldet wurde."

Thomas Brahms war sichtlich verstört. Man verabschiedete sich höflich, und erst im Dienstwagen fragte Habbo Claudia nach ihrer Meinung.

„Also, ich bin mir sicher, dass Linda Behrends die Blutprobe von Elina Fortex entwendet hat. Am Mordtag hat man von diesem Blut etwas an den Sitz des angeblichen Taxis und an den Fahrersitz von Hans Fortex geschmiert. Aber schmiedet eine Frau solche perfekten Morde, um jemanden anderen büßen zu lassen? Und ich muß zugeben, wir haben zwar Zweifel, aber selbst mit diesen können wir ohne Beweise nichts herausfinden."

Habbo überlegte.

„Es fehlt mir einfach der feste Punkt, an dem sich die einzelnen Fäden aufhängen lassen. Morgen ist Samstag, haben Sie da schon etwas vor?"

Claudia Behrends schmunzelte:

„Was wollen wir denn Schönes machen?"

„Eine Schautafel erstellen, die Fotos müssten fertig sein, vielleicht haben die Kollegen ja auch schon etwas herausgefunden, was uns weiterhilft. Wir haben die Schwierigkeit, dass wir ja immer die fertigen und eindeutigen Ergebnisse vor uns haben."

„Wir finden zwar Spuren, aber zweifeln diese gleich wieder an, weil die Kollegen perfekt gearbeitet haben. Fahren Sie über Nessmersiel, ich lade Sie dort zum Essen ein."

Habbo freute sich schon auf die Kutterscholle oder den Labskaus:

„Was ich Sie noch fragen wollte, wie haben Sie eigentlich herausgefunden, dass der Granada verschrottet wurde?"

„Die Kollegen aus Aurich wussten, dass der Schrotthandel eine Lackiererei besitzt, und beim Recherieren auf unsere Anfrage hin konnte sich der Verwerter erinnern. Er hatte zwar keinen Wagen lackiert, aber er sollte einen Granada vor kurzem nach Möglichkeit sofort schreddern!"

Den Rest des Abends sprachen sie noch wenig über den Fall, beide wollten einfach mal abschalten. Habbo wünschte beim Aussteigen in Jever noch einen schönen Abend, und nach zwei weiteren Bieren Zuhause hätte er am liebsten bei der Kollegin angerufen und einfach nur mit ihr gequatscht. Er schalt sich einen alten Narren und ging schlafen.

Kapitel 22

Seit zehn Uhr saßen sie beide im Büro und versuchten an einer großen fahrbaren Pinwand, die sie aus dem Schulungsraum geholt hatten, die Verbindungen aller Personen untereinander und auch die Motive mit verschiedenen Farben zu markieren. Durch oder nach Corinna Förster und die Familie Behrends kamen die meisten Striche und Linien.

Die beiden Kollegen, die Dienststellenleiter Volkers als Unterstützung eingesetzt hatte, hatten einen kleinen Vorbericht auf Habbos Schreibtisch gelegt, aber mehr oder weniger waren keine brauchbaren Erkenntnisse dabei. Alle Personen schienen auf verschiedenen Planeten aufgewachsen zu sein, erst durch das Baugeschäft oder durch das Krankenhaus schien es Berührungspunkte zu geben. Doch wenn es schon wenig Gemeinsamkeiten gab, so gab es noch weniger Motive.

Gegen 14 Uhr klingelte das Telefon.

„Hier Volkers. Herr Claasen, Ihr Chef, der Herr Arnold, scheint nicht begeistert über die Freundschaft mit Lemke zu sein. Ich habe nichts aus ihm heraus bekommen können, was die Freundschaft betrifft. Er blockte richtig. Aber auf der anderen Seite sagte er auch, wir sollen die Wahrheit herausfinden, er möchte seinem Freund gerne helfen und deswegen hat er auch Sie geschickt. Sie hätten keine Angst vor der Wahrheit. Was immer er auch damit meinte?“

„Wir brauchen eventuell einen Arzt, der bei einem Verhör dabei ist und uns bremst, aber gleichzeitig uns mehr Leine lässt wie der zuständige Hausarzt. Ist das möglich?“

„Herr Claasen, unter Umständen ja, geben Sie mir Montagmorgen wieder einen Zwischenbericht, denn auch die Presse hat Sie und Ihr Wirken inzwischen entdeckt. Da hat jemand wohl geplaudert. Ich habe nachmittags einen Pressetermin bei der WZ, Schadensbegrenzung betreiben. Also, schönes Wochenende noch und auch Grüße an Frau Petersen.“

Nach einer weiteren Stunde kamen die beiden Kollegen ins Büro gestürmt.

„Oh, Entschuldigung, Herr Hauptkommissar, wir dachten, weil doch heute Samstag ist, sei keiner hier", stammelte der Größere von beiden.

„Falsch gedacht! Und, haben Sie schon was entdeckt?"

„Ja und nein. Lars Inken, Hans Lemke und Hans Fortex sind ja alle ziemlich in einem Alter. Da in Ihrer Kindheit jeder wo anders groß geworden ist, scheinen Sie nur in den Mordfällen oder wenn überhaupt durch die Baubranche Kontakt zu haben. Wir haben beide Bereiche ein wenig durchleuchtet, überall gibt es Neider, aber um einen Mord an den Ehefrauen oder an Jens Inken zu begehen? Nein, das haben wir schnell fallen lassen. Also kam Horst"

Er zeigte auf seinen Kollegen:

„Auf die Idee, wenn es die Heimat und das Berufsleben nicht sind, dann vielleicht der Urlaub."

Er schaute sich um, als ob er schon Beifall erwartete:

„Und wir wurden fündig. Zwei waren gleichzeitig mit der Kirche und Lemke mit der Schule 1973 auf Juist. Aber die anderen Personen haben da wiederum keine Verbindung."

Habbo sah seine schönsten Träume wahr werden.

„Meine Herren, ich danke Ihnen, gute Arbeit! Langsam kommt Bewegung in die Sache. Frau Petersen und ich werden morgen nach Juist fahren und versuchen, dort etwas heraus zu bekommen. Ich bitte Sie, sich Montag mit den Alibis für alle drei Tatzeiten von Thomas Brahms, Corinna Förster und dem Lemke zu beschäftigen."

Habbo musste lachen, als er die Gesichter der jungen Kollegen sah.

„Tut mir leid, wenn ich Ihnen die Hoffnung auf den Inselaufenthalt zerstöre, aber Frau Petersen und ich bearbeiten nun mal den Fall offiziell. Wir können gern mal nachschauen, wie die Fähren ab Norddeich morgen fahren, wenn abends noch eine zurückgeht, fahren wir alle vier gemeinsam, aber es ist keine Fahrt, die Sie über Stunden und Spesen abrechnen können."

„Äh", meldete sich der Beamte, den der Kollege Horst nannte: „Ich kann morgen so wie so nicht, meine Freundin macht mir die Hölle heiß, wenn ich nicht auf Schwiegervaters Geburtstag erscheine."

„Und ich habe auch verloren, denn es fährt nur eine Fähre morgen, 13:30 ab Norddeich."

„Meine Dame, meine Herren, wir werden jetzt noch einmal die Fakten durchgehen und dann lade ich alle auf den Börsenplatz zum Bier ein."

Die vier Beamten arbeiteten noch fast drei Stunden, bevor Sie aufbrachen. Habbo legte bei den Kollegen des Streifendienstes noch 10 Euro in die Kaffeekasse und dafür brachten die ihm ein Dienstfahrzeug nach Jever, damit er von dort Richtung Norddeich aufbrechen konnte.

Am Börsenplatz gab es einige Kneipen und Cafes, die auch jetzt noch Tische draußen stehen hatten. Es wurde ein herrlicher Abend. Der Hauptkommissar fühlte sich wirklich wohl in der Runde, allerdings? Blödsinn, du alter Idiot, mahnte er sich immer wieder. In dem einen Moment strahlte Claudia Petersen ihn an, und dann lachte sie wieder mit den jungen Kollegen über Sachen, die er nicht miterlebt hatte und fühlte sich ausgeschlossen. So schön der Abend auch war, als sie gegen ein Uhr sich von den Kollegen an der Nordseepassage verabschiedeten und in die Nachteule stiegen, war er irgendwie froh. Er hätte es aber nicht erklären können.

Die Nachteule war eine herrliche Einrichtung. Der Bus nannte sich so, weil er alle zentralen Punkte und alle wichtigen Gastronomien mit einander verband.

Claudia Petersen müsste zwar in Jever umsteigen, aber die Fahrkarte galt die ganze Nacht auf allen Nachteulenlinien. Dafür war der Preis nicht zu hoch. Habbo Claasen genoss die Fahrt. Es ging über Sande nach Langewerth, und vor allen Dingen sah er Schortens mal wieder von innen, denn er hatte noch nicht die Zeit gehabt, sich mit der Heimat wieder vertraut zu machen. Aber das war auch nicht so wichtig, denn er freute sich schon auf das Töwerland, wie Juist auch genannt wurde. In Jever weckte er kurz vor dem Bahnhof seine Kollegin, die eingenickt war und den Kopf an seine Seite gelehnt hatte.

Beide stiegen aus und Habbo brachte seine Kollegin noch zum Folgebus. Er sagte dem Fahrer auch, wo Claudia Petersen ungefähr aussteigen musste und stieg dann aus, um dem Bus mit gemischten Gefühlen hinterher zu sehen. Zu Hause angekommen stieg er unter die Dusche, um ein wenig munterer zu werden. Dabei schoss ihm ein Gedanke durch den Kopf, der ihm aber gleich wieder verloren ging, da er immer wieder an die letzten Stunden denken musste. Er schimpfte sich selber Narr und Träumer setzte sich im Schlafanzug ins Wohnzimmer, wo er noch eine Runde lesen wollte. Er hatte gerade ein Buch genommen, als das Telefon klingelte.

„Habbo Claasen."

„Hier ist Claudia, ich wollte mich nur noch mal für den schönen Abend bedanken. Gute Nacht."

„Gute Nacht, hat mir auch gefallen und den Kollegen sicher auch."

Habbo merkte erst jetzt, dass seine Kollegin gleich wieder aufgelegt hatte. Was bin ich für ein Idiot, hat mir auch gefallen, hätte gereicht. Wie meine Briefe, will nur kurz etwas schreiben und verfasse dann ganze Romane. Bei diesem Gedanken fiel ihm seine Idee wieder ein, die er unter der Dusche hatte. Er setzte sich an den Rechner seiner Mutter in ihrem Arbeitszimmer und schrieb noch eine lange Mail an einen Kollegen. Nachdem er diese abgesendet hatte, rief er den Kollegen an. Der war alles andere als begeistert, nachts um 03 Uhr 45 angerufen zu werden. Nach einigem Hin und Her versprach er aber, sich die Mail anzuschauen und auch bis 9 Uhr zu antworten. Habbo stellte sich den Wecker und ging dann schlafen.

Kapitel 23

Die Dusche am Abend hatte gut getan. Habbo war sofort hellwach, als der Wecker pünktlich schellte. Nach einer weiteren Dusche packte er einige Sachen für den kurzen Aufenthalt in seine Reisetasche und machte Frühstück. Wie ein kleiner Junge freute er sich auf Juist. Dabei hatte er die ostfriesischen Inseln eigentlich sehr spät für sich entdeckt. Aber der Beruf des verdeckt ermittelnden Beamten ließ es einfach nicht in den letzten Jahren zu, dass er dort mal Urlaub machen konnte. Nun ja, das war Schnee von gestern.

Er schaute seine Emails durch und fand auch die versprochene Auskunft seines Kollegen. Also hatte er den richtigen Riecher gehabt, sein Chef Arnolds ist im gleichen Jahr wie Inken und Fortex getauft, könnte also auch auf der Insel gewesen sein. Er schrieb eine kurze Dankesmail und holte dann die Schlüssel für den von den Kollegen bereitgestellten Dienstwagen aus dem Briefkasten.

Er sprach noch kurz bei den Eltern und seiner Schwester vor, die gestern Abend aus dem Urlaub gekommen waren, und machte sich dann auf den Weg.

Jetzt wurde es etwas peinlich. Da die Dienstfahrzeuge meist in einem versteckt angebrachten Etui die Papiere mit sich führten, musste er wohl oder übel bei allen an der Strasse geparkten Autos den Schlüssel probieren. Denn er hatte ja keine Ahnung, welches Fahrzeug man ihm gegeben hatte. An Hand des Schlüssels sah er nur, dass es sich um ein VW-Fabrikat handelte. Zum Glück war es der zweite Golf, den er probierte. Ist aber auch ein Zufall, sonntags morgens in dieser eher ruhigeren Straße 5 unbekannte Volkswagen vorzufinden.

Pünktlich um 11 Uhr 30 klingelte er bei Claudia Petersen. Sie bat ihn kurz herein, da sie noch kurz ins Bad wollte. Er fand den maritimen Look ihrer Wohnung einfach wundervoll, alles sah irgendwie flüchtig, aber passend hingestellt aus.

„Meinetwegen können wir los."

Sie hatte einen blauen Pullover und eine feste Jeans an. An den Füßen steckten diese modernen Stiefel, die luftig sind, aber kein Wasser durchlassen. Als er ihre Reisetasche sah, schämte er sich fast für sein Gepäck. Aber nun war es zu spät, um noch dies oder das einzupacken. Er trug die Tasche zum Auto und dann ging es ab nach Norddeich.

Den Wagen stellten sie bei den Inselgaragen ab. Der Zubringerbus brachte sie zum Anleger. Sie waren zu früh, die Fähre war noch nicht da, aber Habbo war froh, mal alles hinter sich zu lassen. Gut, sie mussten recherieren, aber auch wenn es egoistisch war, er würde seine Kollegin bitten, die eine oder andere Sache zu prüfen. Endlich war es soweit. Das Schiff fuhr aus dem Hafen. Einige Feriengäste, die wohl das erste Mal nach Juist fuhren, wurden leicht unsicher, als sie auf dem Oberdeck stehend deutlich sahen, das das Schiff Kurs auf Norderney nahm. Als dann aber die Fähre an der Fahrwassertonne nach Juist beidrehte, da fing auch bei ihnen der entspannte Urlaub an.

„Schön oder?"

Er hatte seine Kollegin gar nicht bemerkt, wie sie neben ihn getreten war. Da Claudia Petersen laut ihrer Aussage das letzte Mal als Kind auf Juist war, ließ er sie durch sein mitgeführtes Fernglas auf die Punkte blicken, die er ihr zeigte. Er erklärte ihr, dass die Ostspitze Kalfamer hieß und Naturschutzgebiet war, das man nur in der Zeit vom 01. November bis zum 31. März betreten darf. Dort war der Flugplatz und dort der Wasserturm, von den Juister auch liebevoll Dornkartbuddel genannt.

Nach fast genau 75 Minuten Überfahrt machten sie im Hafen von Juist fest. Habbo Claasen schimpfte sich wieder selbst einmal Träumer. Aber dennoch, das Gefühl, nach Hause gekommen zu sein, blieb. Gleich hinter der Fahrkartenkontrolle stand ein junger Beamter in Uniform.

„Heinz Feddersen! Willkommen auf Töwerland", stellte er sich vor, als die beiden Beamten ihn angesprochen und sich vorgestellt hatten.

„Der Kollege, der sonst hier auf der Insel Dienst tut, hatte einen Trauerfall auf dem Festland, er kommt Dienstag mit dem letzten Flieger zurück. Habe gestern Abend Ihr Fax gelesen und habe mich schon mal schlau gemacht."

Inzwischen hatten sie Ihre Taschen aus dem Kofferwagen geholt und auf einen Fahrradanhänger verfrachtet. Juist ist eine autofreie Insel, also nur zu Fuß oder mit dem Rad zu erkunden. Es gibt aber auch Pferdetaxis, die sogar im Sommer Linie fahren.

„Es sind zwei Einzelzimmer in der gewünschten Pension für Sie reserviert und die Verabredung mit dem Hausmeister des Ferienheimes, wo die Personen damals untergebracht waren, ist für heute 18 Uhr 30 im Bistro am Janusplatz ver-einbart."

„Wieso mit dem Hausmeister?"

„Der derzeitige Leiter des Seeheimes ist ebenfalls auf dem Festland und Jan Merten war auch damals schon hier, so versicherten mir die Leute. Ich kenne mich ja auch nicht so aus als Landei."

Inzwischen waren sie durch das große Deichtor gekommen und bogen am Kurplatz rechts ab, vorbei an der evange-lischen Kirche und einem der drei Lebensmittelgeschäfte im Ort Juist, und waren nach nur etwa 10 Minuten Fußmarsch in der Hellerstraße angekommen. Sie bezogen ihre Zimmer in der Hellerstraße gegenüber dem Kurpark. Die Vermieterin erkannte Habbo gleich wieder, so dass die drei Beamten erstmal Tee und Butterkuchen genießen konnten.

Der Kollege Feddersen verabschiedete sich nach zwanzig Minuten, da er noch einiges im Büro erledigen wolle.

Habbo fühlte sich pudelwohl, wie man so schön sagt. Auch Claudia Peters schien sich hier gleich Zuhause zu fühlen. Gegen 18 Uhr brachen sie dann Richtung Bistro auf. Dort trafen sie wieder auf den Kollegen Feddersen, der ihnen mitteilte, dass sie sich in der Spelunke mit dem Hausmeister treffen würden, das Bistro schloss zu dieser Jahreszeit schon um 19 Uhr. Die Spelunke ist eine gemütliche Keller-kneipe und um diese Zeit auch noch nicht so stark besucht. Pünktlich um 18 Uhr 30 betrat ein Mann den Schankraum, den Habbo Claasen sofort als Hausmeister identifizierte.

Bevor er zu ihnen an den Tisch kam, steuerte er den Tresen an, bestellte ein Bier und einen Korn und setzte sich dann neben Claudia Petersen.

„Mensch, da werden sich die Inselfrauen morgen aber wieder einiges zu erzählen haben, der alte Jan und so eine Festlandschönheit"

Bei diesen Worten lachte er, doch Habbos Kollegin wurde ganz verlegen, denn das Kompliment kam überraschend.

Nachdem Jan Merten seine Getränke hatte, begann Habbo mit dem offiziellen Teil.

„Uns interessiert das Jahr 1973, ob verschiedene Personen auf der Insel waren und ob es einen Grund gibt, nach so vielen Jahren noch Morde zu begehen. Gibt es noch die Möglichkeit, alte Listen einzusehen?"

„Ich bin Hausmeister, nicht Archivar. Einige der Kinder denken sicher noch an mich, denn nicht bei den Mädchen, aber bei den Lausbuben verteilte ich auch gerne mal die eine oder andere Backpfeife. Ich halte nichts von Prügeln, aber wenn die vor meinen Augen meinen, irgendwelchen Blödsinn zu machen, dann hagelt es halt. Bin dann aber auch immer gleich zu den Aufsichtspersonen und habe die Sache geschildert. Aber ob es Unterlagen gibt, da müssen Sie mal die Grete fragen, die sitzt schon seit Jahren im Büro. Ich habe zwar schon etliche Kartons mit Unterlagen auf den Dachboden transportiert, aber mich interessiert nur das Gewicht, nicht der Inhalt. Oh, schon leer."

Bei diesen letzten Worten schaute er sein Schluckglas an. Man bestellte eine neue Runde, dann noch eine und noch eine.

Nein, sagte sich Habbo, eigentlich bestellen wir ja gar nicht. Als er seinen Kollegen Feddersen darauf ansprach, meinte dieser:

„Wenn Ihr Glas leer ist, und Sie bestellen nicht ab oder etwas anderes, bekommen Sie automatisch ein volles Glas gebracht."

Habbo war bei seinen ganzen Inselaufenthalten noch nicht in der Spelunke gewesen und eigentlich wollte er unbedingt noch an den Strand.

Aber der Hausmeister erzählte eine Geschichte nach der anderen und auch das Bestellsystem gefiel ihm, also wurde es noch ein herrlicher und feuchter Abend.

Kapitel 24

Gegen sieben Uhr dreißig wachte Habbo Claasen auf und musste sich erst mal orientieren. Er war auf Juist, aber das war doch nicht das angemietete Zimmer. Ach ja, er war mit dem Hausmeister noch ein Stück gegangen und der hatte ihn dann noch zu einem Schlenderschluck eingeladen. Er hatte ihn dankend angenommen, denn er war etwas verärgert gewesen, als seine Kollegin plötzlich aufbrach, weil sie müde war. Das wäre ja nicht schlimm gewesen, aber Heinz Feddersen, der junge Kollege, bot sich sofort an, sie nach Hause in die Pension zu bringen. Habbo selbst hätte es auch gerne getan, spürte aber, dass er schon für eine ordentliche Begleitung zu viel intus hatte. Ich hätte außer dem Butterkuchen doch vorher was essen sollen.

„Moin", sagte der Hausmeister, als er mit einem Tablett ins Zimmer trat. „Jetzt wird gefrühstückt."

„Sie haben schon Brötchen geholt?"

Habbo war erstaunt.

„Nun, die Arbeit muss ja weiter gehen, ich habe auch schon einen Rundgang durch das Ferienheim gemacht, ob alles in Ordnung ist. Mache ich jeden Morgen. Überlege mir dann, was ich noch so machen will an dem Tag. Die Arbeit läuft ja nicht weg, aber nur vorbeilaufen ist auch nicht das Wahre."

Nach dem Frühstück entschuldigte sich Habbo und ging an den Strand, um frische Luft zu tanken. Es war ein klarer Morgen und erst wenige Leute am Meer. Er holte ein paar Mal tief Luft und verließ nach 20 Minuten den Strand am Hauptaufgang, wo seit vielen Jahrzehnten die alte Steintreppe vom Sand verdeckt lag. In der Nähe des Hallenbades ging er dann hinunter ins Dorf, um dann nach links Richtung Hellerstraße ab zu biegen, wo ja die Pension lag. Dort erfuhr er, dass Claudia Petersen unterwegs war, Ermittlungstätigkeiten meinte die Zimmerwirtin. Habbo rief von einer Telefonzelle aus in Wilhelmshaven an und teilte dem Dienststellenleiter mit, dass sie am Dienstag mit der Fähre um 19 Uhr wieder zum Festland fahren würden, und man vereinbarte eine Berichterstattung um 9 Uhr am Mittwochmorgen in Volkers Büro.

Habbo hinterließ seiner Kollegin noch eine Nachricht und machte sich dann auf der Wattseite in Richtung Flugplatz.

Auf der Insel Juist gibt es keinen Autoverkehr und bis auf den Elektrokarren der Bundespost wurde hier wirklich noch alles per Pferdekutschen und Fahrrad und Anhänger erledigt. Deswegen lag auch eine herrliche Ruhe in der Luft. Beim Flugplatz ging es dann über die Dünen auf die zum Meer gelegene Seite und nun immer Richtung Westen. Nach weiteren gemütlichen vier Stunden hatte er die Westspitze erreicht und genoss die selbst gemachte Erbsensuppe in der dortigen Gaststätte. Er beobachtet die beiden Ausflugskutschen mit ihren vier schönen Pferden, die alle ein schwarzes Fell hatten und damit herrlich zu den Kutschen passten, die ebenfalls in schwarz waren. So reisen Könige, dachte Habbo.

Den Rückweg trat er durch die Dünenpfade an, am Wärterhaus und Hammersee vorbei, durch das Dorf Loog, und er kam dann gegen 18 Uhr im Ferienheim an. Dort traf er auf den Kollegen Feddersen, seine Kollegin hatte dieser aber heute auch noch nicht gesehen.

„Herr Claasen, die gefundenen Aufzeichnungen ergaben, das Lemke, Fortex und Inken im Jahre 1973 hier vom 9. Juli bis 16. Juli gemeinsam untergebracht waren. Die Unterlagen lagen auf dem Dachboden. Da wir nun den Zeitraum eingrenzen konnten, haben wir auch nach den anderen Namen geschaut und wurden noch einmal fündig. Allerdings erst vor ein paar Minuten, denn wir mussten erst das Ergebnis vom Festland abwarten."

„Wieso Festland?"

Habbo war ein wenig nervös, denn der Kollege hatte sich wohl voll reingehängt, während er gemütlich spazieren ging und Claudia Petersen wer weiß was machte.

„Wir fanden nur eine Person mit Namen Erna, eine Erna Petersen. Erst eine Nachfrage beim Einwohnermeldeamt ergab, dass es sich hierbei um Erna Petersen – Lorenz handelt. Der zweite Name kommt von ihrem Vater Friedrich Lorenz."

Habbo schossen tausend Gedanken auf einmal durch den Kopf. Aber immer wieder trommelte der Name Petersen gegen die Hirnwände. Konnte es sein, dass die Kollegin etwas damit zu tun hatte? Die wildesten Spekulationen gingen durch seinen Kopf.

Das sofortige Finden des Hauses, ein Aufenthalt auf Juist in den Kindertagen, der ominöse Anruf in der KTU, alles Fragen, die eine Antwort wollten.

„Herr Hauptkommissar, ist Ihnen nicht gut?"

„Doch, aber der Name Petersen hat mich ein wenig irritiert."

Der Hausmeister, der in den letzten Minuten still gewesen war, grinste:

„Sie verdächtigen doch wohl nicht die Festlandschönheit eines Verbrechens?"

Habbo Claasen fühlte sich in seinen Gedanken ertappt.

Auch Kollege Feddersen konnte ein Grienen nicht verkneifen:

„Keine Angst, Herr Claasen, habe ich schon geprüft. Polizeischuleneinmaleins. Bis auf den gleichen Nachnamen haben beide Personen bis zu diesem Zeitpunkt nichts mit einander zu tun. Sie können Ihrer Kollegin also trauen!"

Habbo fühlte sich wie ein Schuljunge, der beim Naschen erwischt worden war. Aber er wusste nun auch, dass jemand, der als Polizist auf einer Insel arbeitete, nicht zu unterschätzen war. Um wieder festen Grund zu bekommen, wollte er gerade nach Arnolds fragen, da ging die Tür auf und seine Kollegin betrat den Raum.

„Hallo zusammen! Hier stecken Sie also alle."

An ihrem Gesichtausdruck merkte man, dass sie etwas Sensationelles erfahren hatte.

„Ich habe die Schriftstellerin der Insel getroffen, und sie gab mir den Tipp, doch mal das Kirchenarchiv durchzugehen. Und dieses tat ich fast acht Stunden lang. Es hat sich gelohnt. Am 14. Juli 1973 ist der Junge Heiner Grahls an der Westspitze von Juist ertrunken. Die Umstände konnten bis heute wohl nicht eindeutig geklärt werden. Das Bild, was wir bei Erna Lorenz gesehen haben, ist ähnlich dem, wie es in der Kirchenzeitung abgebildet war."

„Sein Bruder Gustav musste damals mit der nächsten Fähre an Land gebracht werden. Beide waren hier im Ferienheim mit der Kirchengruppe untergebracht."

Habbo musste das erst mal verarbeiten. Sie suchten das Juister Polizeirevier auf, denn dort wurden auch alle alten Akten als Kopie aufbewahrt, da pro Jahr meist nicht mal ein viertel Ordner gebraucht wurde.

Hier lag ein eindeutiges Motiv der Rache vor, aber auch damals wurde ermittelt und nirgends ließ sich ein Hinweis auf das Verschulden von Dritten finden. Der Junge war ertrunken, merkwürdig war nur die Stelle, wo er gefunden wurde. Denn wenn er an der Westspitze zu weit raus geschwommen wäre, hätte ihn der blanke Hans, wie hier auch die Nordsee genannt wurde, niemals an die gleiche Stelle wieder angespült. Sie machten einige Faxe fertig. Sie wollten den Bruder des Ertrunkenen sprechen, außerdem sollten am Mittwoch die Personen Lemke, Fortex, Inken, Familie Behrends und mit Betreuung durch einen Facharzt Erna Lorenz in Wilhelmshaven erscheinen.

Am meisten Sorgen machte Habbo, dass der Name Grahls bis jetzt nirgends aufgetaucht war. Außerdem war Arnolds anscheinend zu dem Zeitpunkt nicht auf der Insel.

Den Abend verbrachte man wieder in der Spelunke und am Dienstag spazierte Habbo mit seiner Kollegin Richtung Ostspitze, von wo man aus auf Norderney schauen konnte. Beim Abschied versprach Habbo der Insel, auf jeden Fall in Kürze wieder zu kommen.

Da er die Worte laut sprach, schauten ihn die Umstehenden komisch an. Ihm war es aber egal. Plötzlich sprach jemand neben ihm laut und deutlich:

„Juist, du warst mir fremd und unbekannt,
doch du bist jetzt auch für mich das Töwerland,
muss ich jetzt auch in die Ferne gehen,
wir werden uns in Bälde wieder sehen."

Claudia Petersen überraschte ihn immer wieder. Die Rückfahrt genossen beide zusammen an Oberdeck, es war leider ein wenig bedeckt, so dass man den Sonnenuntergang nur angedeutet sehen konnte, aber es ließ erahnen, wie der Himmel bei klarem Wetter leuchtet. Das Autofahren überließ Habbo wieder seiner Kollegin, denn nach einem Inselaufenthalt hasste er lange Autofahrten.

Als er in Wittmund notgedrungen bis nach Jever selber das Steuer übernehmen musste, bedankte er sich bei ihr und man vereinbarte, sich gegen 7 Uhr im Büro zu treffen, damit man sich auf die Verhöre vorbereiten konnte. Zuhause trank er mit seinem Vater noch ein oder auch zwei Weinbrand und ging dann ins Bett. Doch an Einschlafen war immer noch nicht zu denken, zu viele Lösungsmöglichkeiten gingen ihm durch den Kopf.

Es war zwölf Uhr 30, als sie den Verhörraum Nummer vier im zweiten Stock des Wilhelmshavener Reviers in der Ebertstraße betraten. Sie, das waren Oberstaatsanwalt Groschke, Claudia Petersen und Habbo. Erna Lorenz war mit dem Facharzt Dr. Köster bereits anwesend. Thomas Brahms saß auf dem Flur und wurde von einem Beamten beaufsichtigt, nicht dass dieser plötzlich den Vernehmungsablauf störte.

Inzwischen hatten die beiden jungen Kollegen ermittelt, dass Lemke und Thomas Brahms eine gemeinsame Leidenschaft hatten. Das Roulettespiel in Bad Zwischenahn und auf Norderney.

Auch, warum von dem Doppelnamen von Petersen-Lorenz jetzt nur noch Lorenz am Türschild stand. Die Mutter der beiden Töchter nahm es mit der Liebe nicht so genau und ließ sich auch gerne mal dafür bezahlen. Nun nannten die Leute Erna immer nur noch die Petersen, was ihr gar nicht gefiel. Deswegen hatte sie nach einem Umzug einfach den ersten Namen fallen lassen.

Seitdem nannten sie die Leute wieder Erna, wie es ihr Heiner gemacht hatte.

Habbo betrachtet Erna Lorenz und war überrascht. Sie sah für ihr Alter ziemlich jung aus und nun glaubte er auch ein weiteres Mosaiksteinchen gefunden zu haben.

„Frau Lorenz, wir hatten uns ja schon alle bei Ihrem Eintreffen vorgestellt. Wir haben Ihnen einen Facharzt zur Seite gestellt, der nur die Aufgabe hat, im Falle einer zu großen Belastung die Vernehmung zu unterbrechen. Der Herr Brahms, Ihr Hausarzt, sitzt draußen und kann ebenfalls schnell zur Stelle sein. Es geht um den Aufenthalt auf Juist im Jahre 1973. Da ist einer Ihrer Freunde, der Heiner Grahls, ertrunken, ist das korrekt?"

Erna Lorenz schaute ihn an:

„So heißt es, ja."

„Sie zweifeln daran?"

„Ich zweifele nicht daran, ich weiß, dass es anders war."

„Wie sehen Sie es denn, können oder wollen Sie mir das sagen."

„Das brauche ich nicht mehr, die, die ihn umgebracht haben, werden oder haben schon die gerechte Strafe erhalten."

„Können Sie mir dann wenigstens sagen, wie Sie es getan haben?"

„Sie haben ihn einsam und alleine sterben lassen, keiner von Ihnen hatte den Mut, ihm zu helfen."

„Wie hätten sie ihm denn helfen können?"

„Sie müssen alle leiden, Tausende Tode sollen sie sterben und jede Minute sollen sie an meinen Heiner dabei denken!"

Habbo versuchte es noch einige Male, aber er bekam weder Namen noch fand er heraus, wie sie ihn angeblich umbrachten.

Durch ein Kopfnicken gab der Oberstaatsanwalt zu verstehen, dass man zum nächsten Zimmer wechseln wolle.

In diesem Raum warteten bereits Hans Fortex und der nette Rechtsanwalt Andressen.

„Mein Mandant und ich, wir warten jetzt schon über eine Stunde, bitte machen Sie schnell."

„Herr Andressen, ihr Mandant ist sicher über jede Abwechslung froh, denn immer der gleiche Trott in der Zelle, das wird ja langweilig. Und Sie bekommen diese ruhigen Stunden doch sicher gut bezahlt, also leichter können Sie Ihr Geld doch nicht verdienen!"

Habbo war sehr scharf im Ton gewesen, aber er hatte keine Lust mehr, sich von den Leuten auf der Nase herumtanzen zu lassen.

„Was sagen Ihnen die Namen Heiner Grahls und Erna Lorenz, geborene Petersen?"

„Sie müssen schon genauer werden, kann sein, dass ich die Namen schon mal gehört habe, kann auch nicht sein. Ich kannte mal eine Erna, aber das ist Jahre her, wie sie weiter hieß, spielte da keine Rolle."

„Können Sie uns sagen, wo Sie die Bekanntschaft gemacht haben?"

Der Anwalt meinte nun, dass er auch sein Geld verdienen müsse:

„Reden Sie nicht um den heißen Brei herum, nennen Sie uns Fakten und Daten, wissen Sie, alle diese Namen habe ich vielleicht auch schon mal gehört oder gelesen, aber was hat das mit dem Mord an der Frau meines Mandanten zu tun?"

„Nun gut, sprechen wir die richtigen Fakten an. Sie, Herr Fortex, wissen genau, wen ich meine. Erna Lorenz beschuldigt Sie, Heiner Grahls 1973 ermordet zu haben. Das ließ sich damals aber nicht beweisen und so schwört die Frau Rache und bringt Ihre Frau um und Sie ins Gefängnis. Jetzt sitzen Sie zwar für eine Tat, die Sie vielleicht nicht begangen haben, aber einen Mord haben Sie ja auf dem Gewissen."

Hans Fortex war alle Farbe aus dem Gesicht gewichen. Selbst der Anwalt merkte den kurzen Zusammenbruch seines Mandanten.

„Der Heiner ist damals ertrunken und, und ..."

Fortex stotterte und wurde dann ganz still. Er nahm einen Schluck Wasser, holte zweimal tief Luft und sagte dann in Richtung Oberstaatsanwalt mit solch fester Stimme, dass selbst der Anwalt erstaunt aufblickte:

„Anscheinend liegen der Polizei neue Erkenntnisse vor, die mich entlasten. Ich fordere eine Wiederaufnahme des Verfahrens, und alles Weitere regeln Sie bitte mit meinem Anwalt. Beeilen Sie sich, denn ab heute wird jeder Tag, den ich weiterhin unschuldig im Gefängnis sitze, den Steuerzahler eine Menge Geld kosten. Herr Andressen, lassen Sie sich das Protokoll auch von den Anwesenden unterschreiben. Ich möchte jetzt in meine Zelle!"

Habbo war schon einigen Leuten begegnet, aber dieser Mensch bestand ja wohl aus purem Eis.

„Herr Fortex, wir werden noch einige andere Zeugen vernehmen, und wenn dann keine Fragen mehr entstehen, erst dann können Sie in Ihre Zelle!"

Nach diesen Worten verließ das Dreiergespann den Raum.

„Was für ein Kotzbrocken", meinte Claudia Petersen.

Der Oberstaatsanwalt lächelte:

„Er sieht halt seinen Vorteil. Wenn er wirklich unschuldig ist, eigentlich ist seine Reaktion dann doch nur verständlich."

Im nächsten Raum erwartete sie schon Anwalt Dietz mit seinem Mandanten Lemke.

„Tja, Herr Lemke, Ihr guter alter Freund Arnolds hatte mich eigentlich in den Norden geschickt, um gewissen Spuren nach zu gehen, die Sie entlasten könnten, statt dessen haben wir neue Erkenntnisse über einen zweiten Mord, in den Sie verwickelt sind."

„Was für einen zweiten Mord, bitte legen Sie die Fakten auf den Tisch", schaltete sich der Anwalt ein.

Habbo musste anerkennen, dass Andressen und Dietz beide ihr Handwerk verstanden.

„Was fällt Ihnen zu Erna Petersen und Heiner Grahls ein, Herr Lemke?"

Der Befragte lachte los:

„Die Erna, natürlich, klar, die will mich hinter Gittern sehen. Heiner ist damals auf Juist ertrunken, die Jugendliebe oder besser die Kinderliebe von Erna. Wir wollten alle wissen, was man mit den Mädchen so macht, aber Heiner hat die Erna richtig betört. Als er dann ertrunken ist, sagte sie, wir hätten ihn ermordet. Fast ein Jahr lang hat man uns in gewissen Abständen befragt, weil der Tod durch Ertrinken zwar eindeutig erwiesen war, aber warum die Leiche an dem Ort gefunden wurde, konnte nie geklärt werden, glaube ich. Und jetzt, nach so vielen Jahren, kommen Sie und wollen mir den Tod in die Schuhe schieben. Ich wiederhole nochmals, ich habe meine Frau und auch Heiner nicht ermordet."

Habbo wollte gerade etwas erwidern, als es an die Tür klopfte und man ihn heraus bat.

„Das soll ich Ihnen von Volkers bringen und sagen, dass Gustav Grahls auf dem Weg nach hier ist."

„Danke!" entgegnete er und ging wieder in das Verhör- zimmer zurück.

„Herr Lemke, haben Sie eigentlich noch Kontakt zu dem Bruder von Heiner, dem Gustav?"

„Das wissen Sie doch, Sie Superbulle!"

Jetzt war Habbo erstaunt, das wusste er nicht. Um seine Gedanken zu ordnen, öffnete er den flachen Schnellhefter, der ihm auf dem Flur überreicht worden war.

„Claudia, Herr Groschke, könnten Sie bitte mal mit nach draußen kommen?"

Draußen auf dem Flur legte er sich an die kühle Wand und gab Claudia Petersen die Akte.

„Das ist ja ein Hammer", und reichte den Hefter an den Oberstaatsanwalt weiter.

„Dann ist also Ihr Vorgesetzter der Bruder von Heiner Grahls!"

„Ja, zwei Jahre nach dem Tod von Heiner heiratete die Mutter wieder und aus Gustav Karl Grahls wurde per Adoption Karl G. Arnolds."

„Meinen Sie, dass er nach so vielen Jahren jetzt Rache üben will?"

Der Oberstaatsanwalt schaute Habbo ernst an

„Wozu dann aber Sie und diese ganze Ermittlung?"

„Ich weiß es nicht, Herr Staatsanwalt, und wir haben es hier mit ausgebufften Leuten zu tun, die alle Mörder sein können, von der Gelegenheit her oder auch vom Motiv, genauso gut aber auch nur Marionetten in einem Spiel. In einem guten Spiel!"

„Nehmen wir uns nun die Linda Behrends vor?" meinte die Beamtin.

„Oder Ihren Mann, das sind die schwächsten Glieder, wobei ich mehr auf die Frau setze."

Die Behrends saßen im Erdgeschoss in zwei verschiedenen Räumen.

„Hallo, Frau Behrends. Sie wollten keinen Anwalt hinzuziehen, es gibt aber Beweise, mit deren Hilfe wir Sie der Mithilfe oder sogar Anstiftung zum mehrfachen Mord anklagen werden. Wollen Sie also einen Anwalt?"

Habbo war mal wieder erstaunt. Was der Oberstaatsanwalt da vom Stapel ließ, war glatt gelogen, gar nichts konnten sie beweisen, dennoch schoss er sich auf Linda Behrends ebenfalls ein.

„Sie haben die Blutkonserve von Elina Fortex entwendet, Sie haben den Bentley mit diesem Blut eingeschmiert und auch Blut im falschen Taxi angebracht."

„Weiterhin haben Sie Herrn Lemke in eine Wohnung gelockt, so dass er kein Alibi hat, und Sie oder Ihr Mann sind es gewesen, der den Jungen mit Tabletten tötete und Frau Keiser genau dosierte Portionen gab, damit Sie die Schuldige war."

„Hören Sie auf, hören Sie auf!"

Linda Behrends schrie und brach dann weinend zusammen. Habbo sah den Staatsanwalt an und dachte schon, dass sie vielleicht doch zu weit gegangen waren, aber als Claudia ein paar tröstende Worte gesprochen hatte und dann als Zugabe sagte:

„Lassen Sie es raus, Frau Behrends, Schweigen macht es nur schlimmer, ich glaube nicht, dass Ihnen die Tragweite Ihres Handelns bewusst war, aber Sie müssen reden, damit wir Reue sehen, nur so kann ich Ihnen helfen."

„Also gut!" fing Linda Behrends an.

„Thomas Brahms, der Arzt, kam eines Tages auf mich zu und erzählte mir offen, was er von mir wünschte. Ich solle die Blutkonserve beiseite schaffen und ihm dann geben. Ich wollte natürlich nicht. Da zeigte er mir Fotos, wo ich einem Patienten Tabletten gab und auch, wo ich welche aus dem allgemeinen Medizinschrank nahm. Ich bin keine Arzthelferin oder habe einen ähnlichen Beruf. Es handelte sich auch jedes Mal um vom jeweiligen Arzt erlaubte Schlaftabletten, aber wer sollte mir das glauben. Er könne beweisen, dass auf Grund dieser Tabletten mehrere Patienten Herzflattern und einen Herzinfarkt hatten."

Sie schaute von einem zum anderen:

„Was sollte ich machen. Auch der Unfall, den ich in jener Nacht hatte, wurde von Brahms organisiert. Er gab mir dann ein paar Tage später einen Zeitungsartikel und meinte, ich sei wohl doch etwas zu schnell gefahren. Er ließ mich wirklich eine Zeitlang in dem Glauben, ich hätte dem angeblichen Opfer eine Querschnittslähmung beigefügt. So fing ich an, eindeutige Briefe an meinen Mann zu leiten. Durch diese Briefe besorgte mein Mann die Fahrzeuge. Was er sonst noch machte, weiß ich nicht, er schwieg, um mich zu schonen. Das Zusammenleben war zeitweilig die Hölle."

„Die Quittungsnummer habe ich deswegen herausgegeben, weil die Frau, die anrief, über alles Bescheid wusste. Ich habe mich vor jedem Klingeln des Telefons gefürchtet. Aber weder mein Mann noch ich haben etwas mit den Morden zu tun oder auch gewusst. Als in der Presse nach einem dunklen Fahrzeug gefahndet wurde, da habe ich es geahnt, in was wir verstrickt sind, aber Ingo würde nie einen Mord begehen!"

Nach weiteren 20 Minuten verließen die Beamten auch dieses Zimmer. Claudia Petersen wollte sich eben um die Festnahme von Thomas Brahms kümmern, als ein Notarztteam an ihnen vorbeistürmte.

Habbo dachte an Erna Lorenz und stürmte ihnen nach, aber das Rennen endete im zweiten Stock auf der Toilette. Dort mit einem friedlichen Lächeln auf den Lippen und in einer Hand einen Briefumschlag saß Thomas Brahms friedlich auf dem Boden vor dem Fenster.

„Da konnten wir nichts machen, Zyankali."

Der Notarzt packte seine Sachen zusammen und meinte: „Selbstmord."

„Wer hat ihn denn gefunden und warum ist er allein gewesen?"

Habbo dachte, typisch ich.

„Eine junge Dame."

„Hier auf der Herrentoilette?"

„Sie irren, dies ist die Damentoilette."

Habbo veranlasste, dass die Spurensicherung auch hier ihre Arbeit machte, und er wollte so schnell wie möglich den Brief haben.

Der junge Beamte, der auf Thomas Brahms aufpassen sollte, war ganz verstört.

„Er wollte doch nur auf Toilette und es gibt dort doch keine Fluchtmöglichkeit. Wie konnte ich denn ahnen, ich meine, er war doch nicht verhaftet oder so."

Habbo sorgte dafür, das der Beamte vom Arzt eine Beruhigungsspritze bekam und sagte im versöhnlichen Ton:

„Sie können rein gar nichts dafür, ich habe die Situation falsch eingeschätzt. Ich hätte Sie warnen oder zu mindest besser einweisen müssen."

Alle an den Verhören beteiligten Beamten beschlossen eine Vernehmungspause, und ließen den Leuten in den verschiedenen Zimmern warmes Essen und frische Getränke kommen, das von einer nahen Ausbildungsküche zu einem günstigen Preis geliefert wurde.

Der Oberstaatsanwalt ging dann mit Volkers essen, während Habbo und Claudia sich in die Kantine setzten und schweigend Automatenkaffee tranken. Als sie sich wieder zu viert in Volkers Büro trafen, las Volkers ihnen den Brief vor:

„Ich konnte es nicht ertragen, wie die von mir geliebte Erna leiden musste. Fast jeden Tag waren die Mörder ihres Freundes in der Zeitung abgebildet. Lange, sehr lange sah ich ihren Qualen zu, doch dann fasste ich einen Plan. Ich erpresste erst Linda und dann auch Ingo Behrends zur Mithilfe, sie klaute die Blutkonserve und er besorgte die Autos und machte sich auch verdächtig, dass er öfters bei Hans Fortex vor dem Haus stand. Für die Fahrt des angeblichen Taxis heuerte ich einen Bekannten an, den ich hier aber nicht nennen werde. Das Blut verteilte ich selbst im Taxi und auch im Bentley, was auch die gefährlichste Sache war. Elina Fortex kannte mich vom Krankenhaus und ahnte nichts Schlimmes, als ich morgens gegen die Terrassentür klopfte. Ich betäubte sie erst und gegen 8:25 tötete ich sie und legte dann die falschen Spuren. Der Streit am Vorabend war mir unbekannt, passte aber ins Bild. Bei Lars Inken half mir der Zufall, die Bekanntschaft mit Corinna. Einen Mord konnte ich ihm nicht anhängen, aber ihm das Liebste nehmen, nämlich seinen Sohn. So wie er Erna den Heiner nahm. Durch den Schlüssel von Corinna konnte ich ins Haus und habe nach dem dritten Mal dann die Tabletten gefunden und die Tat geplant und ausgeführt. Bei Lemke brauchte ich ja nur eine Wohnung, ein verwirrendes Drehbuch und im geschickten Moment seine Frau überfahren. Da ich wusste, er kennt auch Linda, habe ich jemanden gesucht, der ihr ähnlich sah. Den Namen gebe ich auch nicht bekannt. Der einzige Fehler war das erneute Aufrollen der Fälle und dass Corinna irgendwie irgendetwas mitbekommen hat und mir den Granada geschenkt hat.

Mir ist heute noch nicht klar, ob dies als Ablenkung oder Fingerzeig für die Polizei dienen sollte. Erna hat auf jeden Fall nichts damit zu tun. Ich liebe Sie über alles und wollte in Ihrem Namen Gerechtigkeit für Ihren Freund.

Thomas Brahms

Stille herrschte nach den letzten Worten im Raum. Habbo fasste sich als erster.

„Mein Instinkt sagt mir, dass dort wieder eine falsche Spur gelegt wurde. Das mit den Behrends stimmt sicher, aber warum holt Corinna Förster den Wagen von den Inselgaragen, wie konnte sie von dem Konservendiebstahl erfahren. Entweder Erna Lorenz, Corinna Förster und der Arzt planten es gemeinsam und er will die Sache aus Liebe auf sich nehmen oder hier wird ein falsches Spiel sondergleichen gespielt."

„Bis auf ein paar Kleinigkeiten passt alles zusammen", sagte nun auch Claudia Petersen.

„Aber wir haben ja am Anfang schon gesagt, die Behrends sind zu einem direkten Mord nicht fähig, Anna Keiser ist nach diesem Brief wohl auch aus dem Rennen, und so gerne ich ihn auch hinter Gittern ließe, in einem erneuten Verfahren kommt sicher auch Hans Fortex frei. Bleibt Lemke, und auch der ist plötzlich entlastet. Corinna Förster und Erna Lorenz können wir, wenn überhaupt, mit kleinen Strafen belegen. Leidtragende bleibt Familie Behrends. Wir haben ein Motiv serviert bekommen, was alles andere überdeckt. Rache für einen ertrunkenen Jungen. Aber ich kann mir einfach nicht denken, das jemand, der 31 Jahre nach Rache sinnt, Unschuldige umbringt."

Alle vier setzten sich zusammen und rollten den Fall noch mal von allen Seiten auf.

Volkers veranlasste inzwischen, dass Ingo Behrends, Hans Fortex und Lemke in getrennten Zellen hier im Hause untergebracht wurden. Linda Behrends und Erna Lorenz wurden ebenfalls in Gewahrsam genommen und Corinna Förster sollte morgen vorgeführt werden. Er bestellte auch noch Pizza, kalte Getränke und jede Menge Kaffee.

Gegen 2 Uhr 30 wollten sie dann aber abbrechen, als das Telefon klingelt. Volkers nahm ab:

„Soll hochkommen!"

Zu Habbo gewandt:

„Es wird wieder spannend. Ihr Vorgesetzter ist da."

Übernächtigt von der langen Fahrt trat Karl Arnolds ein. Man bot ihm Kaffee an und ließ ihn ein wenig zur Ruhe kommen.

„Am besten fangen Sie erst mal mit Juist an!" sagte Habbo schließlich.

„Ich war damals noch ein kleiner ängstlicher Junge, müssen Sie wissen, wir waren alle kleine dumme Kinder. Schon am ersten Tag auf Juist merkten Heiner, Hans, Lars, Erna, Lemke, komisch, den nannten wir damals schon immer beim Nachnamen, also wir merkten, dass wir eine tolle Truppe waren, und so zogen wir immer gemeinsam los. Bis Erna dann auf die Idee mit den Mutproben kam. Ich sprang für sie von einer hohen Düne, Lars rannte nackt durch Loog und Hans schwamm im Hammersee. Heiner wollte uns alle toppen, denn Erna verehrte ihn schon seit dem ersten Tag. Da wollte er keine Schwäche zeigen. Er war schon immer der größte, schnellste und beste. Die Omas und Tanten fraßen ihm aus der Hand. Jetzt wollte er es auch bei den Mädchen zu was bringen."

„Wir gingen also alle an die Westspitze bei Ebbe und beobachteten, wie lange das Wasser bis an eine bestimmte Stelle brauchte. An dieser Stelle wollte Heiner dem Tod ins Auge blicken. Das hatte er in einem Film aufgeschnappt. Nächsten Tag gingen wir also wieder an die Westspitze und buddelten Heiner ein. Wir fanden das lustig. Nur sein Kopf schaute aus dem Sand mit Blick auf die See."

„Wir anderen gingen dann alle auf die andere Seite, dort wo die Gaststätte ist, und sollten nach exakt einer Stunde wiederkommen, denn das Ausbuddeln dauerte ja auch noch, und in unseren Köpfen hatten wir ausgerechnet, dass die eine oder andere Welle ihn schon erreicht. Wir gingen an der Gaststätte vorbei zum alten Bootshaus. Es war gerade eine Gruppe Touristen da, denen erklärte ein einheimischer Vogelkundler etwas. War interessant und nur Lemke hatte eine Uhr, so dass sich jeder auf ihn verließ."

„Er sagte aber nichts und so langsam hatte ich doch Angst um meinen Bruder, denn er war ja richtig eingebuddelt, allein konnte er sich da nicht befreien. Erna fragte Lemke dann und er sagte, wir müssen wohl los, wir sind schon über die Zeit. Zu guter Letzt rannten wir richtig."

Arnolds alias Grahls zog ein Taschentuch aus seiner Hose und wischte sich die Tränen ab. Nach einer Weile des allgemeinen Schweigens erzählte er leise weiter:

„An der Stelle, wo Heiner eingegraben sein sollte, war nur Wasser. Wir wateten hinein, uns ging das Wasser bis zum Gürtel, wir fanden ihn aber, buddelten ihn aus. Er sah schrecklich aus. Wahrscheinlich hat er die ganze Zeit nach uns gerufen. Wir standen da und schauten die Leiche an. Erna und ich waren geschockt, aber Lemke, Lars und Hans redeten was von Zuchthaus, Arbeitslager und dass wir alle schweigen müssten. Heiner konnte nun ja doch keiner mehr helfen. Sie drohten mir und Erna mit den schlimmsten Sachen, die ein Kind sich vorstellen kann. Wir schwiegen und überließen meinen Bruder der See. Lemke machte so gut es ging noch das Loch mit den Füßen zu. Wir gingen erst sehr spät ins Ferienheim zurück. Wir behaupteten alle, dass Heiner nicht bei uns war, er wollte schwimmen gehen. Der Vogelkundler bestätigte das ja auch sogar. Später erst habe ich begriffen, dass durch starken Wind die Flut an diesem Tag höher und damit auch schneller bei meinem Bruder war. Es war ein Unfall, aber wir beschlossen, nichts zu sagen, denn für meine Mutter war es so besser. Fanden wir damals. Wie oft wache ich in der Nacht auf und sehe die Leiche meines Bruders im Meer schwimmen!"

 Arnolds schwieg.

„Dann hätte Erna, wenn überhaupt, nur Rache an Lemke nehmen müssen, denn er hatte ja die Uhr."

Habbo sah seinen Vorgesetzten an und schilderte ihm die neuesten Erkenntnisse.

„Ich hatte seit Juist mit keinem mehr Kontakt, auch bei der Beerdigung meines Bruders war keiner von den anderen anwesend. Erst nach dem Mord an seiner Frau rief Lemke plötzlich an, erzählte von den Morden bei Fortex und Inken, jetzt auch seine Frau, das kann kein Zufall sein. Und der Granada, erst wurde er bei Inken eingesetzt und dann bei seiner Frau. Er bat mich um Hilfe und ich schickte Habbo Claasen. Mir kam es schon sehr komisch vor und Haupt-kommissar Claasen ist jemand, der um der Sache willen auch mal Kollegen auf die Füße tritt. Ich schickte also einen meiner besten Männer."

Arnolds schaute alle nach einander an:

„Einmal ließ ich mich von Lemkes Anwalt verleiten. Ich solle doch versuchen, den Wagen aus der KTU zu bekommen, er würde dann mit privaten Spezialisten den Wagen noch mal selber checken. Ich rief die betreffenden Kollegen an und gab den Auftrag, den Wagen frei zu geben. Durch Herrn Volkers bin ich auf dem Laufenden geblieben und ich hätte wesentlich früher die Verbindung zwischen den Fällen preisgeben müssen, aber ich war und bin mir immer sicher, das Motiv Rache entfällt."

Habbo entschuldigte sich und sagte, dass er eine halbe Stunde brauche, Arnolds möge sich entspannen und noch mal ganz und gar auf das erste Telefongespräch mit Lemke konzentrieren.

Es wurde fast eine Stunde, als der Hauptkommissar in Begleitung der beiden Anwärter das Büro betrat.

„Bitte überlegen Sie noch einmal genau, was Lemke im Gespräch in Bezug auf das Auto gesagt hat."

Arnolds sah ihn an:

„Dass bei ihm und im Fall Inken ein dunkler Granada ver-wendet wurde und auch im Fall Fortex gibt es anscheinend Ähnlichkeiten."

„Wann bekamen Sie den Anruf?"

„Am Tag nach seiner Verhaftung, wieso?"

Habbo ging zur Tür und ließ Lemke hereinbringen:

„Herr Lemke, Sie haben nicht nur einen, sondern fast drei perfekte Verbrechen begangen oder begehen lassen. Zuerst die Frau von Fortex, dann Jens Inken und zum Schluss Ihre Frau!"

„Was bilden Sie sich ein?"

„Moment, ich komme gleich zu den Beweisen, den Mord an Ihrer Frau haben Sie aber selber durchgeführt, denn es musste ja perfekt aussehen, zu perfekt, damit man auch mit den Zweifeln spielen konnte. Jetzt begannen Sie Fehler zu machen in Ihrer Siegeslaune. Anstatt zu warten, vielleicht ein oder zwei Tage, riefen Sie am Tag nach Ihrer Verhaftung bei Karl Arnolds alias Gustav Grahls an. Der setzte mich dann auf die Spur. Durch die fingierte Abholung des Wagens stieß ich auf die Familie Behrends, die ersten Bauernopfer in Ihrem Spiel. Aber es gab ja immer noch kein Motiv. Dann fand meine Kollegin die Sache mit dem Blut heraus. Kein Beinbruch, aber Sie setzten Ihre Freundin Corinna Förster wieder ein, um die Behrends, vor allen Dingen aber Thomas Brahms fester einzubinden. Frau Förster scheute sich auch nicht, ihre eigene Schwester mit zu den Inselgaragen zu nehmen und so das Rachebild zu festigen. Nur die Liebe zu Erna ließ Brahms in seinem Abschiedsbrief den Verdacht von Corinna abweisen."

Lemke schaute von einem zum anderen.

„Was für einen Brief und überhaupt? Alles Blödsinn, ich will sofort meinen Anwalt sprechen!"

Habbo blieb ruhig:

„Dies ist keine Vernehmung, sondern ein Infogespräch."

„Sie hören zu, wir reden!"

Knallhart sprach das der Oberstaatsanwalt aus:

„Bitte weiter, Herr Claasen!"

„Fehler Nummer eins, Sie hatten schon lange keinen Kontakt mehr mit Gustav Grahls, also woher wussten Sie so schnell, wie er wo zu erreichen war. Entweder, Sie haben es vorher gewusst, dann frage ich Sie, aus welchem Grund?"

„Und wenn Sie ein gutes Detektivbüro beauftragt haben, dann waren die verdammt schnell, denn Sie hatten laut der Telefonzentrale des Nordener Reviers einmal mit dem Anwalt telefoniert, der Sie dann ja besucht hat und dann mit der Nummer, die Karl Arnolds gehört. In diesem Gespräch erwähnten Sie auch den Ford Granada, der im Fall Inken eingesetzt wurde. Frau Keiser war am Boden zerstört, behauptet aber immer steif und fest, es sei ein Ford Taunus gewesen. Wie also kamen Sie auf den Granada. Wie auch immer, Ihr Motiv ist eines der ältesten, nämlich Geld. Die beiden Kollegen haben die Alibis aller Beteiligten überprüft und sie durchleuchtet. Dabei stießen sie auch auf Ihre und Thomas Brahms Spielleidenschaft. Sie haben Gelder in unbekannter Höhe verspielt und Sie haben auch Thomas Brahms in dieser Sucht unterstützt, so war er einmal in der Liebe zu Erna Lorenz und einmal in seinen Schulden gefangen."

Lemke schien langsam die Sicherheit zu verlieren:

„Ich weiß nicht, was Sie von mir wollen. Herr Staatsanwalt, entweder lassen Sie mich in meine Zelle oder rufen meinen Anwalt an, denn dies hier macht keinen Sinn und ich will mir das nicht länger anhören. Ich habe für den Mord an meiner Frau ein Alibi, auch ein Motiv, aber ich war es nicht. Gustav!"

Lemke schaute Arnolds an:

„Sag doch was, lässt man so einen Freund hängen?"

Habbo, der kurz mit dem Polizeianwärter Horst Paulsen gesprochen hatte und der daraufhin das Büro verließ, sprach laut weiter:

„Fangen wir mit dem Mord an Elina Fortex an. Thomas Brahms betäubte die Frau und machte sich danach meiner Meinung nach aus dem Staub. Sie hatten danach genügend Zeit, Elina Fortex zu töten und die Spuren zu legen. Thomas Brahms schrieb zwar ein Geständnis, aber er wäre dazu gar nicht fähig gewesen, einen Mord zu begehen. Mittäterschaft ohne nach zu denken, aber für einen Mord müssen andere Kaliber her."

Habbo machte eine kleine Pause.

„Mit welchem Trick Sie den Bentley lahm legten, ist egal, auch wer den Benz fuhr. Es war geschickt gemacht, denn wenn ich einen Wagen in dieser Farbe sehe, denke ich auch an ein Taxi. Da der Fahrer einen Umweg machen sollte, hatten Sie Zeit, bei Wilson & Sohn so zu parken, das Sie in dem Moment auf den Hof fuhren, wo Hans Fortex aus dem Taxi stieg. Ob die Sache mit der Kamera Absicht oder Zufall war, müssen Sie uns sagen. Die Sitze des Taxis und der Fahrersitz des Bentleys waren mit dem Blut der Konserve eingeschmiert worden, so das Blut an die Hose kommen musste. Der Charakter von Hans Fortex und die Aussagen aller Menschen, die ihn kannten, taten ein Übriges."

Habbo lächelte Claudia Petersen an:

„Ein erfahrener Beamter hätte die unterschiedlichen Blutwerte gar nicht beachtet, denn es waren ja der Zeitpunkt und der Tathergang bekannt. Aber Frau Petersen war wissbegierig und forschte nach. Aber das hatten Sie ja eingeplant, denn es sollten ja Zweifel aufkommen."

Habbo machte eine Pause und schenkte sich noch einen Kaffee ein. Claudia Petersen machte ein Fenster auf, denn so viele Leute in diesem Raum verbrauchten doch schnell den Sauerstoff. Mittlerweile war es ja auch schon 5 Uhr morgens und alle waren müde und erledigt.

Nur Habbo Claasen schien noch Wälder ausreißen zu können.

„Auch den Mord an dem Jungen planten Sie genau. Corinna Förster wird die Sachen und die Tabletten deponiert haben, denn Thomas Brahms hätte auffallen können. Er musste sich sicher öfters mit Corinna Förster in der Dorfkneipe treffen, damit die Leute ihn ins Gespräch bringen. Thomas Brahms hat dann auch wie beim ersten Mord den Jungen und die Keiser betäubt und den Rest erledigten wieder Sie, Herr Lemke. Der alte Mann sollte Sie sogar sehen, damit auch an diesem Fall Zweifel entstanden. Ihr Pech nur, das Sie ihn so erschreckt hatten, dass er kurz darauf verstarb, und so wurde an der Tat von Anna Keiser nicht mehr gezweifelt."

„Frau Keiser hatte zu allem Überfluss ebenfalls durch ihr Verhalten an ein paar Tagen vor dem Verbrechen und auch während ihrer Haft den Eindruck entstehen lassen, eine durchgedrehte Irre zu sein."

In diesem Moment betrat Horst Paulsen wieder das Zimmer und reichte dem Hauptkommissar einen Zettel. Lemke war merklich ruhiger geworden, ob aus Betroffenheit oder Gefühllosigkeit, konnte Habbo nicht erkennen.

„Die beiden ersten Morde liefen auch nach einem Zeitplan ab, aber der Mord an Ihrer Frau musste vorgezogen werden, denn sie wollte plötzlich die Scheidung und dann hätte der große Lemke ohne Haus, Arbeit und Geld da gesessen, von der Strafanzeige wegen Veruntreuung nicht zu reden. Die Steuerfandung ist bereits informiert und wird in ein paar Stunden Ihre Bilanzen und Konten prüfen. Wie heißt es so schön, nichts geht mehr."

„Reden Sie nur!" ächzte Lemke:

„Ich muss ja hier sitzen, aber was Sie da alles erzählen, ist erstunken und erlogen. Sie wollen mich hier fertig machen, weil Ihnen die Beweise fehlen und Sie einen Schuldigen brauchen. Aber nicht mit mir! Beweisen Sie Ihr Geplapper erst mal!"

„Ich trage hier die Fakten vor, wenn es soweit ist. Sie kamen mit einem Taxi nach dem Mord Ihrer Frau an, das stimmt. Ich nehme auch an, dass dieses zweite Taxi wieder Ihr Fahrer von dem Mord an Elina Fortex gewesen ist. Alles, um auch hier wieder Zweifel zu streuen. Wie Sie Linda Behrends beschrieben haben und die Sache mit dem falschen Telefonat und Adresse erklärt haben, prima! Wer sollte Ihnen das glauben, aber auf der anderen Seite, wer will Ihnen das Gegenteil beweisen? Auch, das Auto so abzustellen, dass es beim Renovieren störte. Genial, bloß würde das jemand machen, der ein Auto mit gestohlenen Kennzeichen fährt. Also, ich hätte es in einer ruhigen Gasse erst mal abgestellt. Aber es war ja Absicht. Sie wollten es ja gefunden haben. Nur so konnte es nach Ihrem Anruf bei Arnolds alias Grahls durch das plötzliche Verschwinden des Wagens meine Aufmerksamkeit erregen."

Habbo trat ans Fenster und holte erst mal tief Luft.

„Beweise, nur Beweise fehlen Ihnen ja, aber ist schon lustig, Ihre Geschichte. Ich spiele, so ein verkappter Landarzt spielt, und schon haben sich zwei gefunden, die alles und jeden töten, der sie stört. Passen Sie auf, Sie fangen langsam an, mich zu nerven."

Lemke klang längst nicht mehr so sicher wie am Anfang, dennoch hatte seine Stimme immer noch eine gewisse Schärfe.

„Sie hätten einfach Ihre Frau umbringen sollen, alles andere ließ Sie selbst zwar an Ihre Genialität glauben, aber es war einfach nur dumm. Dass wir ein Geständnis von Thomas Brahms haben, wissen Sie, aber das er tot ist, sicher noch nicht."

„Geständnis, was hatte er denn zu gestehen?"

Oberstaatsanwalt Groschke stand auf und meinte:

„Herr Lemke, wir können jetzt gerne Ihren Anwalt hinzu kommen lassen, aber wir werden Ihnen mit Hilfe von dem Geständnis und mit Hilfe von Corinna Förster alles nachweisen können. Oder meinen Sie etwa, die Frau Förster ist so in Sie verliebt, dass sie schweigt. Geben Sie sich einen Ruck und bringen die Geschichte, die der Hauptkommissar Claasen angefangen hat, zu Ende. Wenn nicht, dann machen wir hier an diesem Punkt Schluss, denn ich und auch sicher alle anderen Anwesenden sind müde. Nur eins noch, ich bin der Ankläger in Ihrem Fall und auch das Strafmaß lege ich fest. Der Richter entscheidet an Hand meines Vorschlages."

Nach diesen Worten ging der Oberstaatsanwalt zur Tür, drehte sich um und schaute Lemke an:

„Ich warte auf Ihre Antwort!"

Keiner der Anwesenden im Raum wusste im Augenblick, ob dies ein reiner Bluff war oder Groschke einfach nur müde war.

Gerade als Lemke etwas sagen wollte, klopfte es an der Tür und Kommissar Botrowski von der Mordkommission betrat den Raum.

Jetzt wurde es Volkers doch zu eng in seinem Büro und er schickte die beiden Anwärter und den Beamten, der auf Lemke aufpasste, aus dem Raum.

„Darf ich fragen, was Sie um diese Zeit hier wollen, Herr Botrowski?"

„Nicht viel, nur dass wir Corinna Förster vorläufig fest genommen und auch verhört haben. Sie erzählt gerade ihre Version der Geschichte. In einer halben Stunde haben Sie den Bericht auf Ihrem Schreibtisch. Auf jeden Fall sollten Sie Herrn Lemke nicht laufen lassen."

Der Satz war noch nicht ganz verhallt, da hatte er auch den Raum schon wieder verlassen.

Lemke war nach diesem Auftritt aber nun doch kräftig angeschlagen:

„Ich will sofort mit meinem Anwalt reden. Glauben Sie ihr kein Wort. Sie will mich fertig machen, dabei hat sie doch den ganzen Spaß gehabt. Sie fand es doch toll, mit den Menschen zu spielen, und hat dabei noch kräftig abgesahnt. Sie hat doch dem Brahms die Hörner aufgesetzt, sie war es …"

Mitten im Satz stockte er. Er hatte einen kurzen Moment der Schwäche, aber nun hatte er sich wieder im Griff:

„Ich möchte jetzt meinen Anwalt oder in die Zelle."

Der Oberstaatsanwalt ließ ihn in die Zelle bringen, denn ein weiteres Verhör hätte sicher keinen Zweck mehr.

„Herr Claasen, erzählen Sie bitte auch den Rest der Geschichte."

„Zuerst möchte ich dem Kollegen Botrowski meinen Dank aussprechen, er ist zwar nicht hier, aber es war einen besseren Zeitpunkt für seinen Auftritt hätte er nicht wählen können. Der hat ja auch mächtig Eindruck gemacht. Ich war mir sicher, das Lemke die Förster mit im Boot hatte, denn nur sie konnte dem Arzt einreden, in Namen von Erna zu handeln. Auch der Brief ist sicher von Corinna Förster diktiert worden. Ob Selbstmord oder nicht, kann ich im Moment noch nicht sagen, aber ich bin mir sicher, das Thomas Brahms nicht alleine auf der Damentoilette war. Es wird noch einige Mühe kosten, Corinna Förster und Lemke gegen einander auszuspielen, aber ansonsten werden wir zwar immer wissen, wer es getan hat, uns fehlen aber auch wirklich die Beweise."

„Alle Beweise, die wir bis jetzt haben, erklärt Thomas Brahms in seinem Brief, so kommen wir also auch nicht weiter. Es wurden wirklich so viele Zweifel gestreut, dass es letztlich trotz Motiv immer nur 90 prozentige Sicherheit gibt. Allerdings wissen wir jetzt, wonach wir suchen müssen."

Alle waren erschöpft nach dem langen Tag und so wollte man die Verhöre am Nachmittag um 15 Uhr fortsetzen.

Die nächsten Tage waren mit Verhören, Berichten und Suchen nach Kleinigkeiten gefüllt. Aber nach vier Tagen brach Corinna Förster dann wirklich zusammen, denn ein altes Notizbuch, das bei der Hausdurchsuchung gefunden wurde, enthielt eine alte Handynummer, und durch Rückfrage beim Netzbetreiber hatten die Beamten die häufigsten Verbindungen ermittelt.

So konnte dann bewiesen werden, dass Corinna Förster einen sehr häufigen Kontakt mit Lemke hatte. Corinna Förster hatte auch den Kontakt zu dem Studenten geknüpft, der in beiden Fällen das Taxi gefahren war.

Drei Wochen dauerte es noch, bis alle Beweise gegen Lemke wasserdicht waren, er bekam später 2x lebenslänglich für den Mord an seiner Frau und an Jens Inken.

Wegen Anstiftung und Mittäterschaft im dem Mordfall Fortex 15 Jahre, denn er bestritt die Tat bis zuletzt, und es ließ sich nicht nachweisen, ob er oder doch Thomas Brahms den Mord verübt hatte.

Anna Keiser kam frei und half Lars Inken, eine Therapie durch zu stehen.

Auch Hans Fortex verließ als Sieger das Gefängnis und klagt zur Zeit noch immer wegen Haftentschädigung in Millionenhöhe.

Linda Behrends kam mit zwei Jahren auf Bewährung davon und ihr Mann hatte ja nur Autos verschoben, war also nicht in eine Straftat verwickelt. Verlor allerdings für ein Jahr den Führerschein.

Corinna Förster bekam wegen Mittäterschaft eine Haftstrafe von 4 Jahren und fünf Monaten.

Karl Arnolds verließ auf eigenen Wunsch den Polizeidienst und kümmerte sich um Erna Lorenz, die ja nun alleine war. Beide konnten den Tod an Heiner Grahls nun als gerächt sehen, obwohl sie ja auch selbst nicht ganz unschuldig waren.

Claudia Petersen und Habbo Claasen verbrachten noch eine Woche auf Juist zusammen, aber aus einem richtigen Happyend wurde leider nichts, nur eine tolle kollegiale Freundschaft.

Es hätte vielleicht mehr werden können, aber beide trauten sich wohl nicht recht. Dabei knisterte es ständig zwischen ihnen. Als Habbo im Zug Richtung Süden neuen Aufgaben entgegen rollte, schimpfte er sich wie schon so oft einen alten dummen Narren.

Nachwort des Autor

Liebe Leser, ich hoffe, das Sie viel Freude an diesem Buch gehabt haben.

Dies ist mein erstes Buch gewesen, in dem vielleicht noch das ein oder andere besser beschrieben oder formuliert hätte werden können.

Ich bin gerade dabei, ein zweites Buch zu schreiben, in dem dann in dieser Hinsicht das ein oder andere noch verbessert wird.

In diesem Sinne

Jürgen Tümena